Gudrun Pausewang Die Freiheit des Ramon Acosta

Gudrun Pausewang
Die Freiheit des Ramon Acosta

Roman

Deutsche Verlags-Anstalt

CIP-Kurztitelaufnahme der Deutschen Bibliothek

Pausewang, Gudrun:
Die Freiheit des Ramon Acosta: Roman /
Gudrun Pausewang. – Stuttgart: Deutsche
Verlags-Anstalt, 1981.
ISBN 3-421-06051-7

Typographie Hans Peter Willberg
Satz Brönner & Daentler KG, Eichstätt
Druck und Bindearbeit May & Co., Darmstadt
Printed in Germany

IN GIRUM IMUS NOCTE
ET CONSUMIMUR IGNI

Wir gehen im Kreis bei Nacht
und werden vom Feuer verzehrt

Palindrom

Erstes Kapitel

Ein Mann schlug sich durch den Urwald. Er kam aus La Barranca am Ufer des großen Rio Lágrimas und hatte noch kein genaues Ziel. In dem Ledersack auf seinem Rücken, dessen Tragegurt quer über seine Brust lief, steckten Spaten und Gewehr, am Gürtel trug er ein Haumesser. Mit einem zweiten Haumesser schlug er sich einen Weg durch das Dickicht.

Der hügelige Wald war verfilzt. Bei Sonnenaufgang hatte der Mann den Ort verlassen, und jetzt stand die Sonne hoch über ihm. Trotz aller Mühe war er nicht mehr als zwei Kilometer in den Wald eingedrungen.

Die grüne Dämmerung des dichten Laubwerks ließ nur selten die Sonne durchschimmern. Die Gummistiefel des Mannes schlurften durch eine Moderschicht aus Laub, Zweigen und Pflanzen, aus der junge Bambustriebe in dichten Büschen hochschossen, Farne, Stauden und Schlinggewächse wucherten. Unsichtbare Flügel schwirrten, es zirpte und summte, ab und zu schien etwas um seine Füße zu huschen. Der Mann geriet in eine Strömung aufdringlichen Blütendufts, danach witterte er eine bestimmte Art von Holz. Dann wieder stank es nach Aas. Der Geruch der Fäulnis durchsetzte alles.

Ein Baum lag quer mit zersplittertem Stamm, er mußte vor kurzem gestürzt sein, denn sein Holz moderte noch nicht, und der Bambus hatte ihn noch nicht überwuchert, ein Riese von einem Baum, von zerrissenen Lianenknäueln bedeckt und von Eidechsen überhuscht. Der Mann mußte hinüberklettern. Er spießte das Haumesser in die Rinde und zog sich daran hoch. Dabei riß er sich einen Winkel in seine Drillichhose. Aus der Wunde am Schienbein quoll Blut und sickerte in den Stiefel.

Der Mann hieß Ramon Acosta. Er war schlank und hochgewachsen, zu schlank für seine Größe. Unter den Backenknochen des schmalen Gesichts fielen die Wangen ein. Das Kinn wölbte sich weit vor, die Stirn über der kühnen Nase war unverhältnismäßig hoch. Die Augen mit eigentümlich hellen Pupillen lagen tief in den Höhlen. Er hatte sie von seiner baskischen Großmutter geerbt. Sein Großvater war Mestize gewesen. Von seiner indianischen Mutter hatte er das volle, dunkle Haar und die buschigen Augenbrauen.

Ramon Acosta spürte, daß er sich zuviel aufgeladen hatte. Aber nichts von seinem Gepäck schien ihm überflüssig. Hängematte, Topf, Werkzeuge, Kleidung, Samen, Proviant – alles würde er bald brauchen. Und so entschied er sich nach einer kurzen Rast, den Sack weiterzuschleppen, obwohl ihm der Schweiß aus den Haaren ins Gesicht lief und die Last sich immer wieder im Gestrüpp verhakte.

Aber Ramon Acosta hatte ja nun Zeit in Überfülle, Zeit ohne Grenzen, Zeit ohne Uhr. Es war jetzt ganz und gar seine Sache, wann und wo er ankam, er war frei.

Er hieb und hieb. Für jeden Schritt durch das Bambusdikkicht brauchte er drei oder vier Hiebe. Aber das Haumesser war erstklassig, es lag gut in der Hand und hatte eine scharfe Klinge. Er wurde schnell vertraut mit ihm, obwohl er es erst vor kurzem gestohlen hatte. Es war fast wie mit den Pferden: Jedes Haumesser war anders, man mußte sich aufeinander einspielen. Viele Messer hatte er schon geführt, vor allem beim Hauen des Zuckerrohrs. Ein gutes Messer war unersetzlich, ebenso unersetzlich wie seine

Stiefel, deretwegen er seine Schritte vorsichtig setzte, um sie vor den scharfkantigen Bambusstoppeln zu schützen.
In Laufe des Nachmittags mußte er mehrere Bachläufe überqueren. Einige waren so schmal, daß er sie überspringen konnte, andere durchwatete er. Über einen breiteren Bach, auf dessen algenüberzogener Oberfläche Wasserflöhe tanzten, half ihm ein quergestürzter Baum.
Keine einzige Schlange bekam er in diesen Tagen zu Gesicht, obwohl er darauf gefaßt war, ihnen zu begegnen. Rastlos schaute er sich um, prüfte das braungrüne Gewirr von Zweigen, Ranken, Blättern. Zuweilen glaubte er einen Schlangenleib entdeckt zu haben, einen Schwanz, einen Kopf, ein halbverborgenes Geringel. Aber dann war es doch nur ein Farnblatt, ein Zweig, ein Lichterspiel auf dem Laub.
Gegen Abend stieß er an einen Sumpf mit leicht ins Violett spielendem Schilf so weit er sehen konnte, hier und dort von einem einsamen Baum überragt. Vögel strichen darüber hin. Rot stand die Sonne über den Schilfrispen.
Hier war kein Weiterkommen. Er holte seine Hängematte heraus, befestigte sie zwischen zwei Bäumen, hängte seinen Sack an einen Ast, damit ihn die Ameisen nicht erreichen konnten, aß ein paar Handvoll Erdnußkerne, kaute einen Maisfladen und ein Stück Räucherfleisch. Das gesalzene Fleisch machte ihm Durst. Aus einem Tümpel schöpfte er braunes Wasser und trank es gierig, obwohl es ihn anwiderte. Als er in die Matte stieg, legte er das Feuerzeug, das er an einer Schnur um den Hals trug, nicht ab.
In dieser Nacht schlief er nicht viel. Während der Dämmerung schwärmten Mücken aus dem Sumpf; sie ließen erst von ihm ab, als ringsum Finsternis herrschte. Mit dem Sonnenuntergang verstummten die Frösche. Statt dessen begann es im Sumpf zu schmatzen und im Wald zu

knacken: bedrohliche Geräusche, die hellwach machten. Kamen sie näher? Entfernen sie sich? Was schnarrte plötzlich über der Matte? Was raschelte unter ihr? In der weiten Schilffläche flimmerten unzählige Glühwürmchen, blinkten auf, erloschen, übertrugen ihre lautlose Unruhe auf den Mann in der Matte.
Erst nach Mitternacht schlief Ramon Acosta einen unruhigen Schlaf. Er sah sich über die Wipfel des Waldes fliegen und nach einer Lichtung Ausschau halten. Aber auf jedem Platz, der ihm geeignet schien, knäuelten sich Schlangenleiber, und widerliche Schlünde zischten ihm entgegen, wenn er sich herabsenkte. Dann wieder saß er in einem engen, fensterlosen Raum, nicht einmal so hoch, daß er sich aufrichten konnte. Als er schrie, platzten die Wände auseinander. Und gegen Morgen wehrte er sich mit dem Haumesser gegen seine Frau, die sich in einem großblumigen Morgenrock über ihn beugte.

Der Sumpf, an dessen Rand er übernachtete, lag nur vier Kilometer von La Barranca entfernt. Das wußte Ramon Acosta nicht, aber er ahnte es, als er in der klaren Morgenluft die Sirene der Zuckerfabrik hören konnte, ganz leise, ganz fern, aber hörbar: den verhaßten Ton, der den Arbeitsbeginn signalisierte, ein Ton, der ihn weitertrieb, dorthin, wo er nicht mehr, nie mehr zu hören war.
So packte er die Matte ein, aß wieder ein paar Erdnußkerne und den Rest des Maisfladens. Aber von dem Sumpfwasser trank er nicht mehr. Der Ekel war größer als der Durst. Und es war ja noch kühl.
Er beschloß, den Sumpf südlich zu umgehen, weil ihm dort die Baumgrenze näher schien. Aber der Sumpf lappte mitunter weit in den Wald hinein, oft überwuchert von hohem Gebüsch, das festen Grund versprach, aber im

Grundlosen wurzelte. Gegen Mittag stieß Ramon Acosta an einen Fluß, der sich von West nach Ost überaus träge durch das Flachland schlängelte. Nach Osten war er überwuchert von üppig blühenden Wasserpflanzen, die ihn auf den ersten Blick als Waldwiese erscheinen ließen. Westwärts aber lag er mindestens bis zur nächsten Biegung offen da, dunkelgrün den Wald spiegelnd. Das Schilf des Sumpfes wucherte hier bis ins Flußwasser, aber eine lange Sandbank, die sich in knappem Abstand vom Ufer gebildet hatte, erlaubte Ramon Acosta, in seinen Gummistiefeln voranzukommen. Sobald er wieder eine feste Uferböschung entdeckte, watete er hinüber und ließ sich erschöpft nieder.

Die Stiefel waren vollgelaufen. Das Wasser dieses Flusses war sauber, und als er mit beiden Händen schöpfte und trank, schmeckte es etwas schal, erregte aber keinen Ekel. Der Fluß war klar bis auf den Grund und, wie es schien, frei von lästigem Getier. Ein paar wilde Enten schwammen am jenseitigen Ufer, wo das Wasser tiefer war, und Schwärme junger Fische spielten unter dem Spiegelbild des Uferwaldes.

Ramon Acostas Hose war bis über die Knie durchnäßt und schlammverklebt. Sie stank. Die Mückenstiche der letzten Nacht juckten unerträglich, besonders an den Fußknöcheln und Handgelenken. Er streifte die verschwitzten Kleider ab, warf das Feuerzeug auf den Sack und legte sich ins flache Wasser.

Wie das kühlte! Er tauchte das Gesicht tief ein, prustete, drehte sich um, breitete die Arme aus und ließ sich treiben, nur Himmel und Wald im aufwärtsgerichteten Blick.

Nackt aß er von seinem Proviant, wusch Hose und Hemd aus. Tropfnaß zog er beides wieder an, hing sich die Schnur mit dem Feuerzeug um, warf sich den Sack auf den Rücken.

An die drei Kilometer hatte er am Morgen hinter sich gebracht, weniger als am Nachmittag des Vortags. Jetzt aber versprach er sich ein gutes Vorankommen. Der Fluß zog sich wie eine Schneise durch das Waldgestrüpp. Er kam aus der Richtung, in die Ramon Acosta strebte, aus Westen, und mündete ein paar Kilometer weiter östlich in den großen Rio Lágrimas, der alle Flüsse des Waldlands aufnahm und drei Viertel der Einwohner dieser menschenarmen Provinz an seinen Ufern sammelte. Auf ihm verkehrten Lastkähne und Passagierschiffe, auf ihm pulsierte das Leben, er verband das vergessene Waldland mit der Welt. Wer würde sich schon von ihm entfernen, würde sich mit einem Boot auf einem namenlosen Nebenfluß bis hierher durchkämpfen, wo dieses Gewässer doch so flach war, daß ein erwachsener Mensch es überall durchwaten konnte? Wer in die Wälder eindringen wollte, suchte sich tiefere Flüsse aus. Ramon Acosta entdeckte hier nicht einmal Spuren der indianischen Waldbewohner, von denen sich wenige an den Rio Lágrimas herantrauten, zuweilen auch im Hafen und auf dem Markt von La Barranca auftauchten und Leguan-Eier zum Verkauf anboten: Linkisch lächelnde, mißtrauisch äugende Burschen mit struppigen Schöpfen, schrägen Augen, hervorstehenden Backenknochen und einer ledernen Haut.
Er setzte den Hut auf, befestigte die beiden Haumesser wieder an seinem Gürtel, kippte das Wasser aus seinen Stiefeln und watete weiter durch den Fluß. An tieferen Stellen lief ihm das Wasser wieder in die Schäfte, aber er wagte nicht, die Stiefel auszuziehen. Er konnte sich keine Verletzungen an den Fußsohlen leisten.
Die Sonne stand jetzt hoch über ihm. Mittag war schon vorüber, die Zeit des Tages, in der sich die Bewohner von La Barranca und den anderen Orten am Rio Lágrimas vor

der Hitze in ihre Höfe oder Häuser zurückzogen, um Siesta zu halten. An den arbeitsfreien Tagen hatte auch er um diese Zeit in seiner Hängematte zwischen den Mango- und Apfelsinenbäumen gelegen, die Augen geschlossen, um nicht auf die Mauern starren zu müssen, die ihn umgaben. Den ummauerten Hof samt dem Adobe-Haus mit den grellgelb gestrichenen Wänden hatte er zurückgelassen, aber seine Hängematte war hier, sie gehörte zu ihm, war ein Teil von ihm. In ihr hatte er von der Freiheit geträumt.

Ab und zu blieb er stehen, trank, schwappte sich Wasser ins Gesicht, tauchte den Hut ins Wasser und setzte ihn sich tropfnaß wieder auf.

Trotz der Schwüle waren seine Sinne sehr wach. Seine Augen wanderten, er lauschte. Ihm entging nicht die Affenhorde, die keckernd auf einem riesigen abgestorbenen, den übrigen Wald überragenden Uferbaum herumturnte. Ihm entging auch nicht das dunkle Wesen, das sich ein paar Steinwürfe flußaufwärts vom Ufersand löste, mit einem Platsch ins Wasser warf und inmitten konzentrischer Wellen im Fluß verschwand. Er kam an dem Gerippe eines großen Tieres vorüber, das halb im Sand, halb im Wasser lag. An dem Skelett waren Algen hängengeblieben, die nun im Wasser wogten. Er sah die Fische vor seinen Stiefeln flüchten, Krebse unter die Steine huschen. Er scheuchte Vögel aus dem Ufergebüsch. Vor ihm glitt eine Wasserschlange träge in eine Insel gelb blühender, fleischiger Pflanzen hinein. Auf einem Baum, der in Lianen fast erstickte, lärmte ein Papageienpärchen, schwirrte auf, als er näherkam, und flog hinüber zur anderen Flußseite, wo es zwischen den Baumkronen verschwand, aber noch lange empört kreischte. Und immer wieder sonnten sich auf den beiden Ufern Leguane, kleine harmlose Drachen, im Sand

oder krochen auf den Zweigen entlang, die sich zum Wasser neigten.
Als sich Ramon Acosta der Biegung des Flusses näherte, wurde das Wasser tiefer. Hier krümmte sich der Fluß nach Nordwesten, der Sandstreifen am rechten Ufer verschwand, das linke Ufer fiel steil ab. Der Mann watete an Land. Gespannt ging er weiter: Was erwartete ihn hinter der Krümmung?
Aber außer einem mächtigen Baum, der quer ins Flußbett hineingefallen war und Ramon Acosta zwang, auf die linke Uferseite zu wechseln, schien der Fluß keine Überraschungen zu bergen. Nur das Wasser platschte an mehreren Stellen und bewegte sich heftig, als er sich dem Baum näherte. Die Tiere, die vor dem Mann flüchteten, waren nicht zu erkennen.
Der Baum konnte erst vor ein paar Tagen gestürzt sein, denn das Laub seiner gewaltigen Krone, die fast das ganze Flußbett ausfüllte, war noch frisch und duftete. Der Geruch erinnerte an Zimt.
Als er dem Baum nahegekommen war, fauchte es aus dem Halbdunkel seiner Zweige. Ramon Acosta prallte zurück, löste das Haumesser vom Gürtel. Als nichts geschah, wagte er einen Schritt, noch einen, lauschte. Es knackte, es raschelte im Laub, aber es zeigte sich nichts.
Mit klopfendem Herzen umwanderte der Mann den Baum. Oberhalb des umgestürzten Riesen hatte sich der Fluß gestaut. Das Wasser stieg Ramon Acosta bis über die Knie. Aber er wagte jetzt nicht anzuhalten. Er watete weiter, bis der Fluß wieder flacher wurde. Hinter seinem Rücken schrumpfte die Gefahr zusammen, entfernte sich mit jedem Schritt, löste sich auf.
Eine neue Flußkrümmung kam in Sicht, diesmal nach links, nach Südwesten. Der Mann mußte noch einmal die Ufer-

seite wechseln. Größere Inseln aus Wasserpflanzen tauchten auf, eine Art Iris, gelbe und violette Blüten, und Teppiche von Wasserlinsen. Ramon Acosta riß ein Blatt ab und warf es zur Mitte des Flusses. Langsam trieb es stromabwärts. Fast stand das Wasser.
Die Sandstreifen wechselten jetzt mit morastigen Stellen ab. Dort wucherte der Wald bis in den Fluß, ließ Ranken und Zweige ins Wasser hängen, wurde zu einer unpassierbaren Wand. Ramon Acosta mußte sich zwischen Dickicht und Wasserpflanzen seinen Weg suchen. Einmal blieb ein Stiefel im Wasser stecken. Bei dem Versuch, ihn herauszuziehen, tauchte das Feuerzeug fast ins Wasser. Darauf wickelte er sich die Schnur um den Kopf und ließ das Feuerzeug hinter dem Ohr baumeln. Wenn er nicht ausrutschte und fiel, konnte es an dieser Stelle nicht so leicht naß werden.
An den schlammigen Uferstreifen schwärmten Mücken. Er wedelte sie mit dem Hut weg, aber sofort waren sie wieder da und stachen. Schließlich gab er es auf, sich gegen sie zu wehren.
Hinter der dritten Krümmung, die den Fluß wieder nordwärts führte, entdeckte Ramon Acosta in der Ferne auf einem hellen Ufervorsprung etwas Großes, Schwarzes, das sich zu bewegen schien. Vorsichtig näherte er sich, nahm das Haumesser in die Hand, schlich geduckt im tiefen Waldschatten, der jetzt schon über das linke Ufer fiel. Es schien eine ganze Gruppe von Tieren zu sein, aber merkwürdig aufgehäuft, hügelartig übereinandergetürmt. Als er näherkam, sah er, daß es Aasgeier waren. Sie schoben und drängten sich gegenseitig auf einer aufgedunsenen Tierleiche, vielleicht einem Tapir. Widerwillig erhoben sie sich, gaben den Blick auf das Aas frei, versammelten sich auf dem toten Ast eines Baumes, der schräg in die Flußschneise

hineinragte, von Schlingpflanzen umwunden. Ramon Acosta geriet in eine Wolke des widerlich süßen Aasgeruchs. Er hielt den Atem an und hastete an dem Kadaver vorbei. Noch war der Rüssel erkennbar: tatsächlich ein Tapir.

Die Teppiche der Wasserpflanzen wurden nach Norden zu immer dichter. Er kam nur noch langsam vorwärts. Kurz bevor der Fluß sich wieder südwärts krümmte, konnte Ramon Acosta nicht mehr weiter. Das ganze Flußbett hatte sich in Schlamm verwandelt, von einem Ufer zum andern wucherten die Wasserpflanzen wie eine Wiese. Hieb er sich auch einen Weg durch dieses Geschlinge, so fand er darunter keinen festen Grund mehr, und zwischen dem Wust der Wurzeln konnten sich Gefahren verbergen. Die Sonne hatte sich dem Horizont genähert. Obwohl noch eine oder zwei Stunden bis zum Sonnenuntergang fehlten, beschloß er, auf einer festen Uferzunge zu übernachten und den nächsten Morgen abzuwarten.

Er hängte seine Matte an einem Ast auf, der waagerecht aus dem Uferdickicht ragte. Seinen Sack klemmte er in eine Astgabel, eines der beiden Haumesser befestigte er an der Matte. Er wusch sich, dachte, als er ein paar fingerdicke Fische zwischen den Wasserpflanzen huschen sah, mit großem Appetit an gebratenen Fisch, gab den Gedanken zu angeln aber auf, weil er sehr müde war.

Es war ein guter Tag gewesen. Er war an diesem Nachmittag ein großes Stück weitergekommen, weiter als er erhofft hatte. Er schätzte seinen Marsch in und am Fluß auf gute zehn Kilometer. Als er in die Matte stieg, ließ er die Stiefel an, um seine Fußknöchel vor den Mücken zu schützen. Seine Hände wickelte er in seine zweite Drillichhose.

Er schlief sofort ein, aber seine Träume brachten ihm Unruhe. Wieder bedrängte ihn seine Frau, vollbusig mit

gespitztem Kußmund. Ihr Gesicht wuchs und kam ihm so nahe, daß es vor seinen Augen verschwamm. Aus den farbigen Schlieren formten sich die Züge seiner Schwiegereltern, die ihn schamlos anlächelten. Sie deuteten mit spitzen Zeigefingern himmelwärts. Er folgte den Fingern mit seinem Blick und stieß hoch oben auf die knittrigen Falten des Gewandes, das über den Thron herabwallte bis tief in die Wolken. Da saß er, der uralte, verholzte, übelnehmerische Gott aus der Biblischen Geschichte, die ihn, Ramon Acosta, während des Religionsunterrichts seiner fünfjährigen Schulzeit begleitet hatte. Die grimmigen Augen waren auf ihn gerichtet. Schuldbewußt versuchte er, ihnen auszuweichen, sie nicht wahrzunehmen.
Dann, auf einmal, fand er sich in einem Block Uniformierter wieder, der ihn zwang, im Gleichschritt in eine Richtung zu marschieren, die dem Blick nichts bot als eine ungeheuer hohe Mauer. Panik ergriff ihn. Er blieb stehen, stemmte sich gegen die Nachdrängenden, drehte sich um, pflügte mit rudernden Armen durch den Block, den er in Unordnung gebracht hatte. Jemand stellte ihm ein Bein. Er stürzte.
Als er sich wieder erhob, starrten ihn unzählige Augen unter gleichgeformten, gleichfarbigen Hüten vorwurfsvoll an. Er begriff, daß er hilflos, ausgeliefert war. Und aus der Höhe donnerte eine harte Stimme: »Es ist schon acht, Ramon, und du bist noch nicht in der Fabrik.«
Schweißgebadet fuhr er hoch. Sein Bewußtsein tauchte aus den Träumen. Aufatmend erinnerte er sich, wo er war.
Er versuchte an den Leuchtziffern seiner Armbanduhr die Zeit abzulesen, erkannte aber, daß die Uhr stand. Kurz nach halb zwölf war sie stehengeblieben.
Diese Uhr hatte ihm seine Frau geschenkt, eine teure, zuverlässige Uhr. Er löste sie vom Arm und warf sie in

weitem Bogen in die Dunkelheit, hörte, wie sie auf das Wasser schlug. Jetzt fühlte er sich vollkommen glücklich. Er schlief wieder ein und blieb traumlos, eingehüllt in die warme Dunkelheit eines Mutterleibes, bis ihn Kühle und Morgenlicht weckten.

Als er seinen Kopf hob, entdeckte er schräg am andern Ufer, genau dort, wo er am vergangenen Tag durch den Schlamm gewatet war, zwei Indios. Sie waren aus dem Gebüsch herausgetreten, zwei fast nackte, tierhaft geduckte, tierhaft witternde Gestalten, und starrten zu ihm herüber. Er rührte sich nicht und wartete ab. Würden sie den Fluß durchwaten und zu ihm kommen? Hatten sie vor, ihm feindlich zu begegnen? Er hatte nur sein Haumesser in Griffweite. Sein Gewehr steckte im Sack. Um es herauszuziehen, mußte er die Hängematte verlassen. Er zögerte. Aber dann dachte er an die Pfeile der Waldleute. Er hatte böse Geschichten gehört. Er war nicht gewillt zu sterben, jetzt nicht mehr! Das wäre ein sinnloser Tod, mitten in der Freiheit.

Als er sich aus der Matte schwang, wichen die beiden braunhäutigen Burschen lautlos zurück in den Wald. Das Laub bewegte sich kaum an der Stelle, wo sie verschwunden waren.

Er hielt den Atem an. Also gab es auch hier Menschen. Warum hatte er angenommen, dieser Fluß sei frei von seinesgleichen? Die Flüsse waren Straßen, auch die nicht schiffbaren. Er löste sich von dem Gedanken, sich an diesem Ufer niederzulassen, und beschloß, den Flußlauf, der sich hier wieder nach Süden wandte, zu verlassen, um sich in westlicher Richtung weiter in den Wald hineinzuhauen.

Zweites Kapitel

Ein Jahr später kam Ramon Acosta zurück nach La Barranca. Er hielt sich nur eine halbe Nacht und einen halben Tag in der Stadt auf, um sich zu holen, was er brauchte. Wieder ein Jahr später kam er noch einmal, hauptsächlich wegen Salz und Munition. Als er das dritte Mal kam, elf Monate danach, wartete er bei der Finca Belmonte am Rand des Ortes, die sich halb in den Wald hineingefressen hatte, den Einbruch der Dunkelheit ab. Dann ging er zu einem schäbigen Bordell in der Nähe der Zuckerfabrik, in der er früher gearbeitet hatte.
Das Haus lag an der Straße, die von der Finca Belmonte in den Ort führte. Eine Alte mit aufgetürmter Lockenfrisur und überpuderten Runzeln öffnete ihm und musterte ihn mit einem schamlosen Blick. In Lumpen stand er vor ihr, bärtig, mit langem Haar bis auf die Schultern. Sein Gesicht war hager. Er hatte wieder den Ledersack auf dem Rücken. Seine Stiefel waren aufgeplatzt. An seinem Gürtel hing das eine der beiden Haumesser. Um seinen Hals trug er Bastschnüre, auf denen getrocknete Leguaneier wie Perlen aufgereiht waren.
Die Alte bekreuzigte sich.
»Heilige Jungfrau«, schnarrte sie, »was bist du für einer? Du bist noch nie hiergewesen. Ich kenne dich nicht.«
»Ich komme aus dem Wald«, antwortete er.
»Hast du's so eilig, daß du samt deinen Leguaneiern hier hereinstürzen mußt?«

»Mit ihnen will ich zahlen«, sagte er.
Die Alte begann zu lachen.
»Das ist mir auch noch nicht vorgekommen«, rief sie. »Mit Leguaneiern will er zahlen! Hühnereier und Putenfleisch, Armbanduhren und Käse, das alles ist schon mal dagewesen. Aber Leguaneier! Du hast Glück, daß ich mir was aus diesen Dingern mache. Als Kind war ich ganz verrückt danach. Aber mehr als eine Stunde kriegst du nicht.«
»Dann kriegst du auch nicht mehr als eine Kette«, antwortete er.
Sie einigten sich auf zwei Stunden für drei Ketten. An jeder Kette hingen zwei Dutzend schmutzigweißer Eier.
»Und das Haumesser bleibt hier draußen vor der Tür«, sagte die Alte.
»Gibt es hier eine Olinda?« fragte Ramon Acosta.
»Die kannst du haben. Hat sie dir einer empfohlen?«
Er antwortete nicht.
»Aber sie ist im Augenblick noch nicht frei. Du mußt warten. Nein, herein kommst du nicht. Dazu bist du mir zu unheimlich.«
Und sie schlug die Tür vor ihm zu.
Er stieß sein Haumesser in den Boden, kauerte sich daneben und starrte auf die Lichter der Stadt. Alle Laternen brannten. Auf der andern Seite des Weges standen neue Lehmhütten. Er erinnerte sich, daß er oft hier vorbeigekommen war, als er noch in La Barranca gelebt hatte. Dort, wo jetzt die neuen Hütten standen, gab es früher nur Gebüsch. Das Bordell hatte er damals nie besucht. Die Umgebung der Zuckerfabrik hatte er gehaßt.
In einigen Hütten flimmerte noch Licht. Es berührte ihn seltsam. Im Wald ging er immer mit der Sonne schlafen.

Er war sehr müde. Er schlief ein, die Arme auf den Knien und den Kopf auf den Armen, und erwachte erst, als die Tür aufflog und ein Bursche mit albernem Gelächter herausstolperte.
»Bis auf bald«, rief er und tappte mit unsicheren Schritten zum Fahrweg hinunter.
Ramon Acosta erhob sich.
»Olinda«, hörte er die Alte krächzen, »vor der Tür wartet ein Waldungeheuer auf dich. Hol den Mann rein.«
»Ja doch, ich komme schon«, hörte er eine Stimme mürrisch antworten.
Er wartete nicht ab, sondern trat in den fahl erleuchteten, muffigen Vorraum.
»Da bist du ja schon«, knurrte die Alte aus dem Hintergrund. »Schüchtern bist du jedenfalls nicht. Und jetzt wird erst mal gezahlt.«
Er löste drei Ketten Eier von seinem Hals und reichte sie ihr.
»Da hinein«, sagte sie und schob ihn in eine Tür, »da hast du deine Olinda.«
Der Duft billigen Parfüms schlug ihm entgegen. Der kleine Raum besaß nur ein winziges Fenster unterhalb der Decke, scheibenlos, aber mit einem Fliegengitter. Auf einem Regal summte ein Ventilator. Rotes Kreppapier um die Nachttischlampe tauchte den ganzen Raum in rötliches Licht.
Auf dem Bett saß eine junge, schmächtige Indianerin mit über der Nasenwurzel zusammengewachsenen Augenbrauen und langem, schwarzem Haar, zu einem üppigen Zopf geflochten. Sie bog den Kopf weit in den Nacken und preßte ein Tuch unter die Nase.
»Ich hab Nasenbluten«, hörte er sie unter dem Tuch undeutlich sagen. »Leg dein Zeug dort auf den Stuhl.«

Er streifte den Ledersack vom Rücken und hängte ihn zusammen mit den restlichen Leguaneierketten an den Kleiderhaken.
»Du riechst wie ein Tier«, murmelte sie unter dem Tuch, während sie ihn aus den Augenwinkeln beobachtete.
Er zog sein zerfetztes Hemd aus und ging zum Waschtisch in die Ecke, nahm die Kanne und goß sich Wasser in die Emailleschüssel. Dann wusch er sich. Er spuckte und prustete, seifte sich ein, streifte auch die Hose ab und begoß sich mit dem Krug. Um seine Füße bildete sich eine Lache.
»Bist du verrückt?« rief sie.
»Für drei Dutzend Leguaneier kann ich mich auch waschen«, antwortete er ruhig. »Jedenfalls rieche ich jetzt nicht mehr wie ein Tier.«
»Ist was?« schnarrte die Alte vor der Tür.
»Was soll schon sein?« antwortete Olinda.
Aus dem Nebenzimmer tönte das Gelächter einer Frau. Eine Männerstimme fiel ein.
»Warum hast du ausgerechnet mich verlangt?« fragte Olinda. »Ich hab dich noch nie gesehen. Haben dir deine Freunde von mir erzählt?«
»Niemand hat mir von dir erzählt. Du kennst mich. Vor einem knappen Jahr bin ich schon einmal hiergewesen. Damals bin ich durch Zufall in deinem Zimmer gelandet.«
»Dann mußt du in dieser Nacht anders ausgesehen haben. Denn so, wie du heute daherkommst, werde ich dich nicht so leicht vergessen.«
»Damals bin ich gleich vom Friseur hierhergestürzt. Ich roch noch nach Seife. Und ich hatte ein neues Hemd und neue Hosen an.«
»Drum«, murmelte sie. »Dort hängt ein Handtuch. Aber es haben schon andere diesen Fetzen benutzt.«

»Damals«, sagte er langsam, »hast du zu mir gesagt: ›Nimm mich mit. Hol mich hier raus. Ich will dir auch nicht zur Last fallen.‹ Erinnerst du dich jetzt?«

Sie sah ihn mit großen Augen an.

»Ich hab schon so viele drum gebeten, mich hier rauszuholen«, seufzte sie. »Ich weiß nicht mehr, welcher von den allen du bist.«

»Und am nächsten Vormittag«, fuhr er fort, »bin ich an diesem Haus vorbeigekommen, weil es an der Straße zur Finca Belmonte liegt. Da hast du auf den Stufen am Eingang gesessen. Ich hatte viel zu schleppen. Du hast mir Wasser zu trinken gegeben. Dabei hast du wieder gesagt: ›Sei barmherzig und hol mich hier raus. Ich stelle auch keine Ansprüche‹.«

»Ich hab nicht oft Gelegenheit, vor dem Haus auf den Stufen zu sitzen«, sagte sie fast unwillig. »Das kann ich nur heimlich tun, wenn die Araña nicht da ist oder wenn sie noch schläft. Ich erinnere mich jetzt an einen, der war schwer beladen. Er wollte in den Wald, sagte er. Aber der sah anders aus.«

»Das war ich. Heute bin ich aus dem Wald zurückgekommen.«

Sie starrte ihn überrascht an. »Du bist das? So lange warst du im Wald?«

»Schön, daß du noch lebst.«

»Man gewöhnt sich an alles.«

»Bist du nicht verheiratet? Warum schläfst du dann nicht heute nacht bei deiner Frau, nach so langer Zeit?«

»Ich hab nichts mehr mit ihr zu tun«, antwortete er finster. »Ich bin geradewegs aus dem Wald zu dir gekommen. Da draußen wird man verrückt nach einer Frau, ob man will oder nicht. Ich kann mich doch nicht kastrieren! Ich verlöre womöglich meinen Willen. Den brauche ich.«

»Ja, ja«, seufzte sie ergeben und warf das rotbefleckte Tuch auf den Nachttisch, »ich bin schon wieder in Ordnung. Aber sei nicht so stürmisch, ja? Sonst geht es wieder los.« Sie legte den schäbigen Morgenmantel ab und ließ sich auf das Bett fallen. Um ihren Hals hing ein Kettchen mit einem Amulett. Er starrte sie an. Dann warf er sich auf sie, umklammerte sie, preßte seine Schläfe an die ihre, daß sein langes Haar über ihr Gesicht fiel. Sie wandte ihren Kopf hin und her und schnappte nach Luft.

»Olinda –«, ächzte er mit geschlossenen Augen.

»Ja doch, ja doch«, stöhnte sie, »du bist ja schlimmer als ein Soldat –.«

»Olinda, Olinda –«

»Ist ja schon gut«, seufzte sie.

Nach einer Weile ließ er seinen Kopf auf ihre Schulter sinken.

»Siehst du«, sagte sie und fingerte nach dem Tuch auf ihrem Nachttisch, »jetzt geht's schon wieder los. Habe ich dir nicht gesagt, du sollst nicht so wild sein?«

»Da draußen wird man ein Tier«, murmelte er.

»Hier bei mir seid ihr alle nur Tiere«, sagte sie, während sie sich ihre Nase betupfte. »Das wenige, das euch vom Tier unterscheidet, streift ihr schnell ab. Dazu braucht ihr keine drei Jahre im Wald.«

»Ich hab an dich denken müssen, seit ich bei dir gewesen bin, gegen meinen Willen«, sagte er.

»An meinen Körper, ja«, seufzte sie müde. »Das tut ihr alle. Ich bin für euch auch nur ein Tier. Wer von euch käme je auf den Gedanken, für mich zu beten?«

»Ich glaube an keinen Gott«, sagte er schroff. »Wie könnte ich also für dich beten?«

»Dann bist du wirklich ein Tier. Tiere haben keinen Gott.« Sie murmelte: »Du kannst einem schon leid tun.«

Er fuhr hoch und schrie: »Hör auf. Was fällt dir ein, Mitleid mit mir zu haben?«
»Du bist wirklich eine komische Nummer«, sagte sie und lachte. »Alle andern jammern mir was vor und wollen bemitleidet sein – natürlich nur die, die sich dazu herablassen, mit mir zu reden.«
»Hör auf«, sagte er noch einmal, »sonst hasse ich dich. Haß mich auch, haß mich ehrlich. Das spinnt nicht so ein –.«
»Ich versteh kein Wort«, prustete sie unter dem Tuch.
» – wie wenn du mich lieben würdest.«
»Du hast mich vorhin auch ganz schön eingesponnen mit deiner Mähne«, sagte sie. »Ich wäre fast erstickt.«
Er warf ihr einen verlegenen Blick zu: »Ich hatte niemanden im Wald, der sie mir hätte schneiden können. Und ich hab dort auch keine Schere.«
»Hättest du mich damals mitgenommen, sähest du jetzt nicht so aus. Ich hätte dir Haar und Bart gestutzt.«
»Ja«, sagte er, »deshalb bin ich gekommen. Schlafen hätte ich auch mit der können, die nebenan gelacht hat. Aber du willst hier raus. Also komm –«
Sie öffnete den Mund und starrte ihn sprachlos an.
» – wenn du es wagst, in den Wald zu gehen«, fügte er hinzu.
»Ganz egal, wohin«, stammelte sie, »bis ans Ende der Welt und sogar in den Wald!«
»Und ich dachte schon«, seufzte er erleichtert, »du würdest nein sagen.«
»Dafür bist du extra hierher marschiert?« fragte sie ungläubig. »Nur, um mich zu holen?«
»Ich brauch auch Proviant und Patronen und anderes mehr. Aber die Hauptsache warst du. Sonst wär ich erst später nach La Barranca gekommen.«
»Und wie lange warst du unterwegs?«
»Zweieinhalb Tage.«

»Damit du ein Weibchen kriegst, du Tapir«, sagte sie.
»Nicht nur deswegen. Ich brauche dort draußen auch jemand, mit dem ich sprechen kann. Ich hab die ersten zwei Jahre gedacht, es geht auch so. Aber man hält's nicht aus. Man ist ein Mensch, und ein Mensch muß mit anderen Menschen reden. Ich hab mich dabei ertappt, wie ich mit mir selbst gesprochen hab.«
Er hatte seine Worte mit Gesten begleitet, aber nun ließ er seine Hände sinken, denn er merkte, daß sie ihm gar nicht zuhörte. Tränen liefen ihr übers Gesicht.
»Endlich«, schluchzte sie. »Endlich hat er mich erhört. Du kannst mir glauben: Acht Jahre hab ich gebetet und mit den Fäusten gegen den Himmel gedonnert. Dieses Herzjesu-Amulett hab ich geküßt und vollgeweint, um hier rauszukommen. Aber er hat sich Zeit gelassen, der, an den du doch nicht glaubst.«
Sie beugte sich über ihn: »Warum nimmst du gerade mich? Unsereiner ist für euch doch der letzte Dreck.«
»Ich kenne keine andere mehr«, antwortete er. »Und in den Wald würde auch keine andere mitgehen. Im übrigen kann ich dir versichern, daß kein Gott mitgemischt hat. Es war reiner Zufall.«
»Das glaubst *du*«, sagte sie streng. »Aber davon verstehst du nichts.«
Er schnaubte durch die Nase. Eine Stille entstand, eine Pause voller Spannung. Aber dann legte Olinda ihre Hand auf die seine und fragte: »Wovon lebst du dort?«
»Von Mais, Bohnen, Yucca. Und von Kürbissen.«
»Daheim haben wir auch Kürbisse gezogen und gegessen. Die Kürbisschalen haben wir getrocknet, verziert und verkauft, als Schüsseln und Schöpfkellen.«
Sie senkte ihre Stimme zu einem Geflüster: »Aber hier bei der Araña hab ich noch nie Kürbis zu essen bekommen.«

»Wer ist die Araña?«
»Die Alte, die dir aufgemacht hat. Ihr gehört das Ganze. Ihr gehöre auch ich.«
Noch leiser fügte sie hinzu: »Ein wahrer Teufel, sag ich dir!«
Sie wischte sich die Tränen weg und wurde lebhaft: »Denk nur nicht, daß ich freiwillig in ihr Haus gekommen bin. Sie hat mich meinem Onkel abgekauft, als meine Eltern gestorben waren. Der Onkel hat selbst acht Kinder gehabt und dann mich und meine Geschwister noch dazu. Er hat eine ganz schöne Summe für mich verlangt, aber inzwischen hab ich das längst abgearbeitet. Zuerst hab ich nur bei ihr putzen und Wäsche waschen müssen. Aber gleich, nachdem ich meine Tage bekommen hatte, hat sie mich zur Hure gemacht. Der erste Mann hat mich zu Tode erschreckt. Ich hab fortzulaufen versucht, aber sie hat mich wieder zu ihm hineingeschoben und die Kammer von außen zugesperrt. Jetzt finde ich nichts mehr dabei, aber ich hab's satt, dieses Leben. Acht Jahre lang! Immer hab ich geträumt von der Flucht, aber ich krieg ja nie Geld. Ohne Geld ist man wie an der Kette. Wie hätte ich die Stadt verlassen können? Die Schiffsreise gibt es nicht umsonst, und durch den Wald führt keine Straße nach anderswohin.«
»Du hättest der Alten das Geld stehlen sollen.«
»Sie zählt es jeden Tag genau«, antwortete Olinda. »Sie würde sofort dahinterkommen. Sie würde mich suchen lassen. Und wo sucht man Flüchtlinge in La Barranca? Nur auf den Schiffen. Sie hätten mich sofort geschnappt. Ich hätte ja niemand gehabt, der mir geholfen hätte. Und hier in der Stadt bleiben? Das geht nicht. Hier kennen mich zu viele. Hier bleibe ich immer die, die ich einmal war. Ich möchte so gern jeden Tag in die Messe gehen, als anständiger Mensch, verstehst du? Ohne daß mir die Männer freche

Bemerkungen nachrufen. Ich möchte ein klein bißchen geachtet sein. Ich möchte eine winzige Wohnung haben, mit einem eigenen Kochherd und einem Spruch über der Tür und silbernem Besteck, wie es die Araña hat, und Blumentöpfen am Fenster. Ich würde in der Fabrik arbeiten. Ich wäre pünktlich und fleißig.«
Er zog eine Grimasse, aber sie merkte es nicht.
»Ich bin hier richtig gefangen«, fuhr sie fort. »Die Araña kassiert. Sie riecht es, wenn mir mal einer ein Trinkgeld in die Hand drückt. Sie nimmt es mir sofort ab. Sie gibt mir zu essen und kauft mir das Nötigste zum Anziehen, und wenn ich in die Stadt gehen will, geht sie mit. Sie hat Polizisten unter ihren Kunden. Würde ich fortlaufen, würde sie sagen, ich hätte sie bestohlen. Dann müßte ich zurück, um den Schaden abzuarbeiten. Ich hab schon manchmal drangedacht, in den Fluß zu springen, aber ich wäre doch zu feige dazu. Einmal hätte ich die Araña beinahe erschlagen. Mein Jesu, verzeih mir, was ich damals vorgehabt hab, aber ich hab's einfach nicht mehr ausgehalten. Es ist irgendwas dazwischengekommen. Und dann hatte ich nicht mehr genug Mut dazu.«
»Du solltest es tun«, sagte Ramon Acosta. »Dann wärst du sie endlich los.«
»Die stirbt nicht«, flüsterte Olinda mit zitternden Lippen, »die nicht, die kann sich schonen. Wir arbeiten ja für sie. Die ist unsterblich.«
»Gehen wir sofort!« rief er und richtete sich auf.
»Pst!« flüsterte sie. »Willst du alles kaputtmachen? Sie ist gefährlich. Sie würde die ganze Nachbarschaft zusammenschreien, die Polizei alarmieren und dich beschuldigen, ihr den Ledersack gestohlen zu haben. Und ich hätte dir natürlich geholfen. Nein, ich muß heimlich weg. Maria Estela und Isabel schlafen bis zum Mittag, und die Araña

geht auf den Markt einkaufen. Sie kommt erst zurück, wenn es Zeit wird zum Kochen. Das ist jeden Morgen so, außer am Sonntag. Wenn die Araña morgen früh weggegangen ist, verschwinde ich. Was mir gehört, nehm ich mit.«
»Triff mich hinter der Finca Belmonte«, flüsterte er.
»Für wie lange hast du bezahlt?«
»Für zwei Stunden.«
»Dann hast du noch Zeit. Schlaf. Du wirst todmüde sein. Ich bin auch müde. Du bist heute nacht der vierte. Die Araña wird schon an die Tür pochen und krächzen, wenn die zwei Stunden um sind, darauf kannst du dich verlassen.«
»Ich verlaß mich wirklich drauf«, sagte er schläfrig. »Denn solange es dunkel ist, muß ich mir zusammenstehlen, was ich mir morgen bei Tageslicht nicht kaufen kann.«
Sie bekreuzigte sich erschrocken.
»Keine Sorge«, flüsterte er. »Ich stehle hauptsächlich in meinem eigenen Haus. Dort riskiere ich weniger.«
»Aber das ist doch gegen die Gesetze«, sagte sie verstört.
»Ich pfeif auf alle Gesetze«, antwortete er. »Also vergiß nicht: hinter der Finca Belmonte. Spätestens gegen Mittag werde ich auch dort sein.«
»Ich bin noch nie hinter der Finca Belmonte gewesen«, sagte sie zögernd. »Ich bin nicht von hier. Ich hab die Finca immer nur von hier aus gesehen.«
»Bleib auf dem Weg«, sagte er. »Hinter der Finca kommst du an Koppeln entlang, danach wird der Fahrweg schmal. Dort, wo das Gebüsch anfängt, warte auf mich. Wenn es nötig ist, versteck dich im Dickicht. Hast du eine Hängematte?«
»Ich werde eine haben.«
»Und Stiefel? Nein? Kennst du deine Schuhgröße?«
Sie schüttelte den Kopf.

Er hielt ihren Fuß an seinen: Wo seine Zehen begannen, hörten ihre auf. Dann schloß er die Augen.
»Damit du's weißt: arbeiten kann ich«, flüsterte sie.
Er antwortete nicht. Sie beugte sich über ihn: »Ich spüre schon, wie ich mich an die Hoffnung gewöhne! Als Kind hab ich mich immer vor dem Wald gefürchtet. Aber wenn ich mich an das Bordell gewöhnt hab, warum nicht auch an den Wald? Mein Jesus wird sich schon was dabei gedacht haben, wenn er mich dorthin fliehen läßt.«
Er schwieg. Er spürte ihren Kuß auf seiner Stirn. Er öffnete die Augen nur einen schmalen Spalt und sah, wie sie mit verzücktem Gesicht ihr Herzjesu-Amulett küßte und mit geschlossenen Augen stammelte: »Ich dank dir, ich dank dir, ich dank dir, mein Gott und Retter, ich hab doch gewußt, daß du mich eines Tages hier rausholst. Und beschütz mich morgen, hörst du? Behalte die Schlangen im Auge und was sonst noch da draußen rumschleicht. Denn was gäbe es für einen Sinn, wenn du mich befreist, damit ich umkomme? Amen.«
Im Halbschlaf hörte er sie noch fragen: »Wovon hast du all diese kleinen hellen Narben?«
Aber er fand nicht mehr die Kraft zu antworten, daß das die Narben ganz bestimmter Mückenstiche waren. Er schwamm schon hinüber in den Schlaf.

Er hörte die Alte nicht an die Tür pochen. Aber er spürte Olindas Hand auf seiner Stirn.
»Komm«, flüsterte sie, »es ist Zeit.«
Bevor er den Raum verließ, fragte sie fast unhörbar: »Gilt es noch, was wir heute nacht besprochen haben?«
»Es gilt.«
Sie lächelte ihn an und nickte.
Vor der Tür wartete schon ein anderer.

»Zieh kein Gesicht«, hörte er die Alte zu Olinda sagen. »Du weißt, daß du noch Schulden vom Zahnarzt bei mir hast.« Draußen zog er das Haumesser aus dem Boden und wischte es an der Hose ab. Die Luft war kühl und frisch. Er atmete sie tief ein.

Drittes Kapitel

Er kam erst gegen Mittag hinter die Finca Belmonte, denn er hatte viel zu erledigen gehabt. Sein Ledersack war jetzt prall gefüllt, und es war noch allerlei drangebunden. Er hatte auch eine neue Drillichhose an.

Er ging an den Koppeln entlang, bis der Fahrweg sich verengte, zu einem Pfad wurde, sich ins Gestrüpp zwängte. Er blieb stehen und schaute sich um. Ihm war nicht bewußt, daß er jetzt anders aussah: mit stoppelkurz geschnittenem Haar und ohne Bart. Die untere Hälfte seines Gesichts war fast durchsichtig weiß mit bläulichen Schatten.

Er entdeckte sie nicht, ging ein Stück weiter, spähte ins Gestrüpp, lauschte.

»Olinda«, rief er leise. Und noch einmal, nachdem er sich vorsichtig umgeschaut hatte, etwas lauter: »Olinda!«

Da raschelte es im Gebüsch, schimmerte etwas violett. Ihr Gesicht erschien festlich geschminkt zwischen Ranken und Zweigen. Von der Mittagssonne geblendet, blinzelte sie ihn an.

»Gott sei Dank«, sprudelte sie ihm entgegen. »Ich hatte solche Angst, daß du nicht kommst. Ich bin bereits seit einer Stunde hier. Ich hab schon gedacht, vielleicht hast du das alles nur als Scherz gemeint. Die Kerle machen so oft gemeine Scherze mit uns. Und als ich dich kommen sah, dacht ich, es wär ein anderer. Wie du aussiehst. Zum Fürchten!«

Sie kicherte. Erleichtert stellte er seinen Sack ab.

»Ich dachte auch, du könntest dir's noch einmal überlegt haben.«
»Wenn ich mich einmal zu etwas entschließe, dann bleibt es auch dabei. Bist du bei der Araña vorbeigegangen?«
»Ich hab natürlich einen großen Bogen um das Haus gemacht«, sagte er.
»Die wird jetzt schon längst daheim sein und eine Menge vermissen.«
»Hast du mir nicht gesagt, du nimmst nur mit, was dir gehört?«
»Natürlich gehört das alles mir«, antwortete sie trotzig. »Durch meine Arbeit hab ich's der Araña eingebracht. Der Lohn von acht Jahren! Nur – die Araña wird eben anderer Meinung sein.«
»Du hast recht«, sagte er. »Man muß sich seine eigenen Gesetze machen. Man muß sich nehmen, was einem zusteht. Was ich hier im Sack habe, ist auch nicht alles bezahlt.«
»Du hast's aber doch keinem armen Teufel weggenommen?«
»Der, dem der Laden gehört, ist im Country Club, das weiß ich«, sagte er. »Also tut's ihm nicht weh.«
»Haben sie dich erwischt?«
»Ein Ladenbursche hat was gemerkt, aber er hat sich nicht getraut, mich festzuhalten. Er lief zu seinem Chef, das sah ich noch, dann bin ich schleunigst verschwunden.«
»Sind sie jetzt hinter dir her?«
Er hob die Schultern.
»Und hinter dir?« fragte er.
»Die Araña wird zum Fluß gelaufen sein. Die aus den Wäldern kommen immer alle über den Fluß. Und alle, die aus dem Stadtgefängnis ausbrechen oder vor der Polizei fliehen, versuchen den Fluß zu erreichen.«

Sie sahen sich an und mußten lachen.
»Zwei Diebe auf der Flucht«, sagte er. »Aber daß wir diesen Weg nehmen, vermutet niemand.«
»Ich hab jetzt auch einen Sack«, sagte sie und zeigte ins Gebüsch. Barfuß ging sie vor ihm her. Ihre Schuhe – Stöckelschuhe mit schmalen Goldriemchen – trug sie in der Hand.
»Ich hab sie schon vor der Finca Belmonte ausgezogen«, sagte sie. »Es war nicht auszuhalten. Sie haben so gedrückt. Aber ich hab keine anderen.«
Sie warf ihm einen schuldbewußten Blick zu.
»Das Kleid wirst du spätestens bei unserer Ankunft auch wegwerfen können«, sagte er trocken.
»Es ist mein bestes!« rief sie entsetzt und schaute an sich hinunter. Die Rüschen des violetten Fähnchens knisterten im Wind. Schon hatte das Gestrüpp ein paar Fäden gezogen.
Sie führte ihn zu ihrem Sack, den sie unter überhängenden Zweigen versteckt hatte. Es war ein alter Sack aus Sisalhanf.
»Da war der Mais für die Hühner drin«, erklärte sie. »Aber die Eier hat immer nur die Araña gegessen. Ich hab den Mais in den Hof geschüttet. Die Hühner haben sich gefreut.«
Ramon Acosta hob den Sack auf, der prall gefüllt und mit einem Kleidergürtel zugebunden war.
»Teufel noch mal«, sagte er, »was schleppst du alles mit?«
»Wo nichts ist, kann man alles brauchen.«
»Aber das Gewicht! Das schaffst du nie.«
»Das werden wir sehen«, sagte sie. »Ich hab ihn ja schon hierher getragen, oder nicht?«
Er streifte seinen Ledersack vom Rücken und zog ein Paar Gummistiefel heraus.
»Schlüpf hinein«, sagte er, »du kannst hier nicht barfuß gehen. Du kommst so keine hundert Meter weit.«

»Sie sind zu groß«, murrte sie.
»Besser zu groß als zu klein«, antwortete er und hob ihr den Sack auf den Rücken. Schweigend schlurfte sie hinter ihm her. Auf dem Fußpfad drangen sie westwärts in den Wald ein. Ab und zu schaute er sich nach ihr um.
Sie blieb zurück. Der Abstand zwischen ihm und ihr vergrößerte sich, bis er stehenblieb und auf sie wartete.
»Hast du jetzt doch Angst bekommen? Willst du umkehren?«
»Unsinn. Ich hab Kopfschmerzen von der Sonne. Und die Stiefel reiben.«
»Hast du keine Strümpfe mit?«
»Hab ich, aber nur ein einziges Paar. Wenn das hin ist, hab ich keines mehr.«
»Dort, wo wir hingehen, brauchst du keine Strümpfe«, sagte er. »Es kommt jetzt nur darauf an, daß du den Hinweg schaffst.«
»Ja, du hast recht. Zurück kann ich nicht mehr. Die Araña würde mich zerreißen.«
Sie setzte den Sack ab, kramte die Strümpfe heraus und zog sie sich an.
»Du hast dich für den Wald angezogen wie für einen Ball«, knurrte er.
»Nicht für den Wald, sondern für dich. Und meinst du, ich hätte eine Drillichhose?«
Er zog seine alte Hose aus dem Sack und warf sie ihr zu.
»Und oben rum?« fragte sie.
Er zögerte einen Augenblick, dann zog er sein Hemd aus.
»Es ist schon durchgeschwitzt«, sagte sie.
»Was anderes hab ich nicht.«
Ohne sich um ihn zu kümmern, zog sie sich das Kleid über den Kopf. Ramons Hose war ihr zu weit, sie kramte ein Chiffontuch heraus, zog es durch die Schlaufen und

Gestrüpp raschelte. Ein roter Kratzer zog sich quer über ihre Stirn. Sie kaute die sauren Stengel, die er ihr reichte, und war sehr schweigsam.
Als es zu dämmern begann, waren sie nicht mehr weit vom Sumpf entfernt. Ramon Acosta beschloß, sich ihm für die Übernachtung nicht noch mehr zu nähern, um Olinda nicht den Mücken auszusetzen.
»Hier bleiben wir für heute nacht«, sagte er zu ihr.
Sie ließ den Sack fallen, fiel bäuchlings darüber und rührte sich nicht.
»He«, sagte er, »so kannst du nicht schlafen. Hier kriecht allerlei herum. Du mußt die Matte aufhängen.«
»Laß mich«, murmelte sie.
Er packte sie an der Schulter und zog den Sack unter ihr hervor, öffnete ihn und wühlte kopfschüttelnd darin. Fast schnitt er sich an einem großen Brotmesser, das in einen Unterrock gewickelt war. Zwischen Nähzeug und Rüschen und durchsichtiger Unterwäsche, billigem Plunder, stieß er auf ein eingerahmtes Jesusbild. Er erinnerte sich, es in dem dunklen Vorraum des Bordells hängen gesehen zu haben. Tuben, Fläschchen, Puderdosen fielen ihm in die Hand, ein Silberbesteck für sechs Personen tauchte auf, samt drei Schöpfkellen, ebenfalls aus Silber. Tiefer im Sack entdeckte er ein Leinensäckchen voller Rosinen, ein großes Stück Rauchfleisch und eine Schachtel mit Konfekt. Er bekam die Finger voll Schokolade, denn die Schachtel war geknickt, das Konfekt zerdrückt und halb zerschmolzen. Ganz auf dem Grund fand er endlich die Hängematte. Er zog sie heraus und knüpfte sie an zwei Ästen fest, dann zerrte er Olinda hoch und schubste sie hinein.
»Nicht heute«, murmelte sie schlaftrunken.
»Hast du Hunger?« fragte er barsch.

Sie gab keine Antwort. Er beugte sich über ihre Matte und sah, daß sie schon schlief. Nachdem er die beiden Säcke an einen Ast gehängt und seine Hängematte nicht weit von Olinda aufgespannt hatte, ließ er sich hineinfallen und kaute Brot und Käse, bis er ebenfalls einschlief. Ein letzter Brotrest fiel ihm aus der heraushängenden Hand auf den Waldboden. Nach einer Stunde war die Kruste verschwunden: Die Ameisen hatten sie geholt.

Es schien kein Mond. In der Ferne quakten Frösche bis tief in die Nacht. Und die Mücken fanden den Weg auch bis hierher.

Viertes Kapitel

Sie erwachte früher als er. Sie starrte in das Blätter- und Rankengewirr und fand nur langsam in die Wirklichkeit zurück. Zuerst suchte sie nach der großmustrigen Lilientapete ihrer Kammer, versuchte sich zu erinnern, welcher Kunde zuletzt bei ihr gewesen war. Starker Juckreiz an den Fuß- und Handgelenken drängte sich in ihr Bewußtsein. Sie begann zu kratzen. Ächzend versuchte sie sich aufzurichten. Ihr Körper war wie zerschlagen. Aber sie konnte sich doch mit einem Blick über den Mattenrand vergewissern, daß sie nicht allein war, daß der Mann, dem sie aus ihrer Kammer in den Wald gefolgt war, sie nicht zurückgelassen hatte, sondern ein paar Schritte von ihr entfernt in seiner Matte hing und schnarchte.
Acht Jahre lang hatte sie in keiner Hängematte mehr gelegen. Aber sie war in Hängematten aufgewachsen, sie wußte, wie man sich darin bewegt, wie man sie bändigt. Sie schwang sich aus ihr heraus und griff steif nach ihren Stiefeln, die sie unter der Matte entdeckte. Ameisen krochen in ihnen herum. Sie reinigte sie, fuhr hinein und hob dann ihren Sack vom Ast. Als Ramon Acosta erwachte, hielt sie ihm ihr Rosinensäckchen hin.
»Lang zu«, sagte sie, »ich hab nicht warten können mit dem Frühstück. Es hat mich zerrissen vor Hunger.«
Eine halbe Stunde später zogen sie weiter. Olinda summte, obwohl ihr jede Bewegung weh tat. Sie genoß die Kühle. Eine ganze Nacht lang hatte sie schlafen können! Und sie

blieb bei dem Entschluß, alles, was sie in ihren Sack gepackt hatte, auch weiterhin mitzuschleppen.
»Wie du willst«, sagte Ramon Acosta. »Du wirst schon zur Vernunft kommen. Zwischen hier und dem Fluß liegt der mühsamste Teil des Weges.«
Das erfuhr sie bald. Sie kamen nur noch sehr langsam vorwärts. Sie mußten klettern und kriechen. Ihre Stiefel versanken im Morast. Immer wieder lagen Bäume quer vor ihnen und versperrten ihnen den Weg. Rings um die toten Stämme schossen junge Triebe auf, das Gefaser des faulen Holzes war voll von Insekten. Es roch nach Gärung und Verwesung. Schlingpflanzen umgaben das Unterholz, fesselten Zweig an Zweig, verwoben den wuchernden Bambus zu einer fast undurchdringlichen Wand, die sich auch dort schon wieder mit aller Macht zu schließen anschickte, wo Ramon Acosta sie mit dem Haumesser für den Herweg geöffnet hatte. Und immer wieder Tümpel und Pfützen, die Reste des letzten Regens, Brutstätte der Mücken; Gräben, Wasserläufe, überwachsen von Farnen und Schlinggewächsen, tückisch versteckt unter überhängenden Zweigen und Gespinsten aus Wurzeln und Ranken. Ramon Acosta stieß hin und wieder Warnrufe aus, aber Olinda war so abgelenkt von den Geräuschen, den Gerüchen und den Licht- und Schattenspielen um sich herum, daß sie ihn oft nicht hörte. Dann trat sie ins Bodenlose und kämpfte mit Geflecht und Morast, bis der Mann ihr zu Hilfe kam. Mehrmals konnte sie sich auch nur dadurch vor einem Sturz retten, daß sie den Sack losließ. Nun war er schmutzig und durchnäßt.
»Tu doch wenigstens dieses blöde Jesusbild raus«, knurrte er. »Die Scheibe hat sowieso einen Sprung.«
»Das Bild zuallerletzt«, rief sie schrill. »Eher den Schinken!«

»Du hast kein Gefühl dafür, was wichtig und was unwichtig ist.«
»Na hör mal«, empörte sie sich. »Das ist mein Gott! Nenne mir irgend etwas, das wichtiger wäre!«
»Blödsinn«, sagte er mürrisch. »Ihr habt euch nur einen Gott gemacht, weil ihr ihn braucht.«
»Wer *ihr?«* fragte sie zornig, während sie versuchte, ihren Zopf von einem Zweig zu lösen.
»Ihr Schwachen«, sagte er. »Ihr Schafe braucht einen Hirten.«
»Jetzt hör aber auf!« rief sie entrüstet. »Du bringst ja alles durcheinander. Hast du noch nie gehört, daß Gott die Welt und auch den Menschen erschaffen hat? Du stellst ja die Ordnung auf den Kopf. Glaubst du vielleicht, Gott macht sich was draus, daß du behauptest, es gäbe ihn nicht? Für den bist du ein Nichts!«
»Das denkst *du*«, sagte er spöttisch. »Weil du's nicht besser weißt.«
»Jetzt fängst du auch noch an, mich zu belehren«, fauchte sie. »Alle Kerle wollten mich immer belehren. Eins sag ich dir: Wenn du's vielleicht auch fertigbringst, dich für eine Weile aufzublasen wie ein Ochsenfrosch, irgendwann wirst du mit der Nase auf Gott gestoßen, spätestens beim Jüngsten Gericht – darauf kannst du dich verlassen.«
»Jüngstes Gericht!« Er verzog sein Gesicht zu einer Grimasse.
»Du wirst noch mal vor Gott auf den Knien liegen und ihn anflehen. Ganz klein, ganz demütig wirst du noch werden.«
»Demütig«, höhnte er. »Wenn ich das schon höre. Ich lebe. Ich bin da. Also hab ich auch ein Recht darauf, mich wichtig zu nehmen.«
»Ja«, sagte sie, »mach dich nur wichtig. Genausowenig,

wie du es ohne Luft aushalten kannst, hältst du es lange ohne Gott aus. Dann ist niemand da, dem es etwas ausmacht, ob es dir dreckig geht oder nicht. Was für ein Hundeleben!«

»Hat sich vielleicht jemand um *dich* gekümmert, als es dir in den letzten Jahren so dreckig ging?« fragte er hitzig. »Was für ein Hundeleben hast *du* gelebt! Obwohl du jeden Tag zu deinem Jesus gebetet hast. Warum hat er dich nicht aus dem Elend herausgeholt? Warum hat er dich überhaupt hineingeschubst in das Bordell?«

»Er hat mich nur geprüft«, erklärte sie mit fast feierlichem Ernst. »Er hat sich taub gestellt, aber in Wirklichkeit hat er mich genau beobachtet. Er merkt sich alles, und wenn ich im Himmel bin, wird er mich belohnen für die acht Jahre bei der Araña.«

»Aber es ist ein Mensch, der dich aus dem Puff herausgeholt hat«, sagte er. »Ich bin kein Gott.«

»Ich bin sicher, daß Gott dich geschickt hat.«

»Dann schlepp deinen Gott weiter, bis du unter ihm zusammenbrichst!« rief er wütend.

»Du machst das Bild schwerer, als es ist«, sagte sie. »Das Silberbesteck wiegt mehr. Aber über das regst du dich viel weniger auf.«

»Weil es noch etwas nützlicher ist. Aber man kommt im Wald auch ohne Besteck aus. Du kannst es also samt dem Bild wegwerfen.«

»Unsinn«, antwortete sie. »Das nehme ich mit. Aber wir können ja langsamer gehen.«

»Dann mußt du noch länger auf den Fluß warten. Du hast doch Durst, oder?«

»Ich hab für eine Weile genug mit dir geredet. Da kann ich mir den letzten Speichel sparen. Oder langt's dir noch nicht?«

»Doch«, antwortete er, »bis zum Fluß langt's.«
Und so mühten sie sich schweigsam weiter, ruhten sich in kurzen Abständen aus, beobachteten sich gegenseitig verstohlen, aßen stumm auf einer winzigen Lichtung, die von toten Bienen überstreut lag, ein paar Scheiben von Olindas Räucherschinken und bekamen daraufhin unerträglichen Durst. Aber keiner von beiden wollte eingestehen, nicht mehr weiter zu können. Ramon Acosta stapfte wie ein Stier mit vorgebeugtem Nacken voran, und Olinda stolperte mit zusammengebissenen Zähnen hinter ihm her, den Sack mit beiden Händen umklammernd. Manchmal, wenn der Juckreiz an den Handgelenken übermächtig wurde, schabte sie mit den Zähnen daran entlang.

Erst am späten Nachmittag stießen sie an den Fluß. Er glitzerte rotgolden in der tiefstehenden Sonne, die nun nach langen Stunden grüner Dämmerung wieder sichtbar wurde. Olinda ließ den Sack fallen und warf sich mit offenem Mund und ausgebreiteten Armen ins Wasser, daß es rings um sie aufspritzte.
»Jesus«, rief sie, »was für ein großes Getränk!«
»Wir müssen noch ein Stück weiter«, mahnte er. »Hier können wir nicht bleiben. Die Mücken kommen aus dem Sumpf herüber. Sie fangen an zu schwärmen, wenn die Sonne untergeht. Ich hab gemerkt, daß dir die Mücken zu schaffen machen. Du hast keine lederne Haut. Aber hier im Wald wirst du sie bald bekommen.«
»Jetzt bade ich erst mal«, sprudelte sie. »Und wenn sie mich auffressen.«
Er stellte seinen Ledersack zwischen den Uferfarn. Dann warf er sich ihren Sack über die Schulter, watete durch das seichte Wasser auf die Sandbank und weiter flußaufwärts. Seine eigenen Fußstapfen begegneten ihm im Sand.

»He!«, schrie sie ihm nach, »laß meinen Sack da. Oder bist du plötzlich scharf auf Geld und Silber?«
»Für diesen Plunder«, rief er über die Schulter zurück, »täte ich nicht einen Schritt. Für das Leben im Wald denkst du noch nicht richtig. In einem Jahr hast du's gelernt.«
Er kam zurück, um auch seinen eigenen Sack zu holen.
»Ich hab schon gedacht, du willst mich beklauen«, sagte sie, während sie nur den Kopf aus dem Wasser hob. »Weißt du, die Kerle wollten mich schon ein paarmal beklauen. Sie haben die Schublade aus meinem Nachttisch gerissen und alles aus dem Regal geworfen. Nach Geld haben sie gewühlt. Aber ich hab ja nichts gehabt. Jetzt ist das anders. Jetzt muß ich aufpassen, verstehst du?«
Er antwortete nicht. Sie sprang auf, watete tropfnaß neben ihm her und stützte seinen Ledersack von unten.
»Laß! Ich schaff's schon.«
Sie ließ los und brach in Tränen aus.
Erstaunt wandte er sich um. »Ist schon gut«, sagte er. »Ich weiß, daß dir's leid tut.«
Ein paar Wasservögel flatterten mit schwerem Flügelschlag auf und flogen in einer Kette über den roten Himmel.
»Dort hinter der Biegung«, sagte er, »hängen wir unsere Matten auf.«
Langsam zogen sie weiter und warfen lange Schatten über Fluß und Ufer, bis der Schatten des jenseitigen Waldsaums über sie fiel.
»Warum bist du nicht an diesem Fluß geblieben?« fragte sie. »Hier ist es so schön.«
»Schön?« fragte er erstaunt. »Aber hier kommen Menschen vorbei. Bis jetzt nur Indios, aber bald werden auch andere den Weg finden. Ich will nicht von Nachbarn und Händlern bedrängt werden. Deshalb bin ich noch tiefer in den Wald gegangen.«

»Und warum bist du überhaupt in den Wald gegangen?« fragte sie.
»Weil ich frei sein wollte.«
»Wovon? Vom Militärdienst?«
»Auch von dem«, sagte er. »Von diesem ganzen eingemauerten Leben in La Barranca. Dort hab ich mich immer gefangen gefühlt, seit ich erwachsen bin. Tagsüber in der halbdunklen Werkhalle auf dem Hof der Zuckerfabrik, immer den Chef im Rücken. Nach Feierabend in der Hängematte hinter dem Haus, das meiner Frau gehört, zwischen den hohen Gartenmauern, während mich meine Frau belauert hat. Manchmal bin ich vor ihr in die Stadt geflüchtet. Aber auch die Stadt ist wie ummauert: Alle Straßen enden entweder am Fluß oder am Waldrand. Und überall gibt es Gesetze und Sitten, und wer nicht gehorchen will, dem droht Gewalt. Wär ich nicht geflüchtet, wär ich eines Tages Amok gelaufen. Die erste Bombe hätte ich in den Gartenhof hinter dem Haus meiner Frau geworfen, wo es immer nach Urin stank und wo die Radios der Nachbarn lärmten. Die zweite Bombe hätte dem gegolten, der über der Stadt hockt. Der, von dem die Pfaffen ihre Macht borgen. Der, den ihr euch erfunden habt, aus Angst vor der Freiheit.«
»Fang nicht schon wieder damit an«, sagte sie ärgerlich.
Er schwieg.
»Ich versteh dich nicht«, sagte sie nach einer Weile. »Ich leiste mir manchmal den Traum von einem Haus mit einem ummauerten Hof, das mir gehört, und von einem Mann, mit dem ich richtig verheiratet bin. Ich wünsche mir, daß es Gesetze gibt, die mich beschützen, und ich sehne mich nach ein bißchen Ansehen, nach einem Leben, wie es anständige Bürger eben so leben.«
»Du kennst das Leben nicht, von dem du geträumt hast. Es

läßt einem keinen Platz zum Atmen, es sei denn in einem Käfig.«
»Und wie frei werde ich bei dir sein?« fragte sie plötzlich.
»Ich werde dich nicht halten«, antwortete er. »Du kannst fortgehen, wann immer du willst.«
»Ist das alles?«
Er dachte eine Weile nach. »Und ich werde dich nie mit Gewalt nehmen«, fügte er hinzu.
»Wenn du aber vergißt, was du mir jetzt versprichst? Hier im Wald bin ich doch ganz auf dich angewiesen.«
»Ich auch auf dich. Wir sind aufeinander angewiesen. Aber ich werde dich in Ruhe lassen, weil ich selber in Ruhe gelassen werden will.«
»Was meinst du damit: in Ruhe gelassen werden?«
»Du sollst mich nicht besitzen wollen«, erklärte er.
Sie sah ihn nachdenklich an. »Aber es gibt doch dort, wo du jetzt lebst, keine anderen Frauen. Warum hast du dann Angst vor meiner Eifersucht?«
»Ich meine nicht die Eifersucht. Ich meine alles: Daß du nicht hinter meinen Gedanken und Träumen her sein sollst. Daß du mich nicht mit deinem Busen und deinen Hüften verrückt machen willst. Daß du mich nicht dauernd fragst, wo ich hingehe und wann ich zurückkomme, und ob ich dich hübsch finde, und ob ich dich mag. Und daß du mich mit deinem Jesus zufriedenläßt.«
»Mehr nicht?«
»Das ist sehr viel. Du wirst es kaum schaffen. Aber ich werde mich bemühen, Geduld mit dir zu haben.«
Sie lachte laut auf. »Also wirklich, du bist schon komisch. So ganz anders als die anderen. Die Männer, die ich bisher kennengelernt habe, würden von mir verlangen, daß ich sie liebe und bewundere und ihnen den Haushalt führe.«
»Ich bin kein Gockel«, sagte er finster, »und ob du für mich

kochen willst und Wäsche waschen und die Hütte ausfegen, ist deine Sache.«

»Natürlich will ich das. Ich will ein ganz normales Leben führen, so wie alle Frauen in La Barranca.«

»Du wirst nicht in die Messe gehen können.«

»Aber du läßt mich doch meinen Jesus in eine Ecke hängen?« fragte sie.

»Meinetwegen. Wenn du mich nicht ermahnst, zu ihm zu beten.«

»Und wenn es mir passiert, daß ich anfange, dich gernzuhaben – ich meine, so mit dem Herzen?«

»Ach was«, antwortete er unwirsch, »das sieht man doch nur im Kino.«

»Ich hab mir das immer gewünscht, alle acht Jahre, die ich jetzt bei der Araña war – einen Mann gernzuhaben.«

»Laß mich damit in Ruhe«, knurrte er. »Ich will nicht in deine Gewalt geraten.«

»Du verstehst mich nicht«, sagte sie traurig.

»Du verstehst mich auch nicht.«

Sie setzte ihren Sack ab und ächzte: »Ich kann nicht mehr. Laß uns hier die Matten aufhängen, auch wenn es ein Mückenplatz sein sollte. Ich will früh schlafen gehen, damit ich morgen schon in aller Frühe weiter kann.«

Fünftes Kapitel

Am nächsten Morgen fühlte sich Olinda sehr schwach.
»Wie ausgewrungen«, stöhnte sie.
Die Mücken hatten sie wieder geplagt, sie hatten sie sofort gefunden, obwohl ihre Matte weit vom Sumpf hing. Es schien, als lockte sie noch das letzte Insekt des Waldes an, während er die ganze Nacht unbehelligt geblieben war. Ihr Gesicht war verschwollen, die Handgelenke und Fußknöchel juckten.
»Schau mich nicht an«, rief sie ihm zu, als er aus der Matte auftauchte, »sonst ekelt's dich.«
»Steck den Kopf ins Wasser, dann geht's zurück.«
Erst im Wasser fand sie ihre Fassung wieder. Sie blieb lange im Fluß, regungslos bis zum Gesicht in der kühlen Flut, und starrte in den Himmel. Als sie einen Blick auf ihn warf, sah sie, daß sich die Haut, die der Bart verdeckt hatte, zu röten begann.
»Dein Kinn verbrennt«, warnte sie.
Er ließ ihr Zeit. Erst Mitte des Vormittags gingen sie stromaufwärts weiter, an jenem umgestürzten Riesenbaum vorbei, bis dorthin, wo sich der Fluß scharf nach Süden krümmte. Ramon Acosta zeigte ihr das Gerippe des Tapirs. Das andere Tierskelett, das er auf seinem ersten Gang weiter flußabwärts gesichtet hatte, war längst verschwunden. Vielleicht hatte das Hochwasser es mitgenommen. Sie begegneten einer fetten Wasserschlange, die sich träge ins Schilf hineinzog, sahen ein katzenähnliches Tier über Äste

springen und lauschten dem Georgel einer unsichtbaren Affenhorde. Und überall huschten Leguane, große, kleine geschmeidige, manche mit Zackenkämmen, grüne, gelbgraue, bräunliche, durch das Laubgewirr und Ufergerank und über die Luftwurzeln, die ins Wasser hinabhingen.
An einem sandigen Uferplatz wimmelte es von Fußspuren. Olinda betrachtete sie verblüfft.
»Das war ich«, sagte Ramon Acosta. »Auf dem Herweg hab ich hier übernachtet.«
Sie badeten noch einmal, trugen Holz zusammen und kochten Trockenfleisch aus seinem Sack in einem neuen Topf, den er auch mitgebracht hatte. Olinda rührte mit einer silbernen Schöpfkelle, und sie spießten sich mit silbernen Gabeln das Fleisch aus dem Topf.
»Wenn sie mich jetzt sehen könnte, die Araña«, sagte Olinda. »Ich glaube, sie würde grün werden vor Wut. Weißt du, ich hab ihren Schrank aufgerissen, bevor ich ging, und hab alle ihre großartigen Kleider rausgezerrt und auf den Boden geschmissen und hab draufgespuckt und bin drauf rumgetrampelt. Sie hat so viele Kleider, die sie gar nicht braucht und nie anzieht. Sie hat sie uns immer nur gezeigt, wenn sie sie neu gekauft hatte, und dann hat sie sie in den Schrank gesperrt. Ich sag dir, es war ein Fest! Schade nur, daß ich so leise sein mußte. Isabel und Maria Estela durften ja nichts hören. Ich hätte dabei so gern gelacht und geschrien.«
»Siehst du«, sagte er, »so herrlich ist die Freiheit.«
Sie legte ihre Hand auf seine Knie und sagte: »Ich bin wie zerschlagen. Ich bin zerkratzt und zerstochen. Aber ich fange an, glücklich zu sein – weil ich die Araña los bin, das verdammte Luder.«
»So was Ähnliches hab ich auch gemacht, bevor ich fortgegangen bin«, sagte er.« Endlich mal das Ventil geöffnet und

alles rausgelassen, was sich da drin angestaut hatte. Es war ein Montagmorgen. Da hab ich aus heiterem Himmel gesagt: ›Chef, ich kündige.‹ – ›Soso‹, hat da der Chef gesagt und die Hände auf dem Rücken zusammengelegt, ›der Herr kündigt.‹ Und alle meine Kumpels wurden still und spitzten die Ohren. Und der Chef sagte weiter zu mir: ›Du bist wohl noch voll von gestern, hast dich vollaufen lassen. Weißt du überhaupt, was du sprichst?‹ – ›Weiß ich‹, hab ich geantwortet und hab ihm voll ins Gesicht gesehen. Da sagte er: ›Dann mußt du entweder das Große Los gezogen oder eine Erbschaft gemacht haben, oder du bist verrückt geworden. Was glaubst du eigentlich, wer du bist? Der Kaiser von China, was? Du hast wohl ganz vergessen, wieviel Geduld und Mühe und Fürsprache es dich gekostet hat, bis du dich von den Feldern und von der Handlangerei bis in diese Werkstatt heraufgedient hast? So eine Stellung wie die kriegst du im ganzen Land nicht wieder. Oder willst du vielleicht in die Hauptstadt? Geh nur. Dort warten sie gerade auf dich, auf den Schlosser Ramon Acosta aus La Barranca am Ende der Welt, ja, und winken mit einem doppelten Lohn. Nach ein paar Wochen wirst du wieder angekrochen kommen und wirst mir die Schuhe lecken. Aber so eine Chance hat sich dir nur ein einziges Mal geboten, Mann! Schlosser gibt es wie Sand am Meer. Schon morgen wird ein anderer an deiner Werkbank stehen.‹ Da hab ich ihm so laut geantwortet, daß es alle in der Halle hören konnten: ›Möglich. Ist mir egal. Jedenfalls hab ich's satt, auch nur eine Stunde länger nach deiner Pfeife zu tanzen, du Drecksack, du mieser!‹ «

Olinda schlug sich vor Vergnügen die Faust aufs Knie.

»Da haben mich meine Kumpels entsetzt angestarrt«, fuhr er fort, »und der Melendez, der Chef, hat einen roten Kopf bekommen. ›Was?‹ hat er gekeucht, ›was war das?‹ «

»Weiter!« rief Olinda. »Und was hast du ihm darauf geantwortet?«
»Da hab ich meine ganze Kraft zusammengenommen und hab ihm ins Gesicht gebrüllt: ›Du hast schon recht verstanden: Genau das wollte ich sagen! Und alle hier in der Werkstatt halten dich ebenfalls für einen ganz gemeinen Schikanör, nur trauen sie sich nicht, dir das ins Gesicht zu schreien. Dabei bist du ja auch nur einer von den kleinen Bossen. Zu den großen wirst du nie gehören. Bis zum Chef der Werkstatt hast du's gebracht, und hier klebst du nun und trittst nach unten und buckelst nach oben und wälzt dich in deinem bißchen Macht, du kleines Miststück, bis dich einer eines Nachts erschlagen wird, wie eine Ratte!‹ Da hat der Melendez nur noch ›raus!‹ gebrüllt, dunkelrot vor Wut. ›Ich geh schon‹, hab ich da gesagt, ›ich kann's gar nicht erwarten, endlich mit dir und deinesgleichen nichts mehr zu tun zu haben.‹ «
Olinda starrte ihn voller Begeisterung an. »Das hätt' ich mich nie getraut. Ihm mitten ins Gesicht! Und dann bist du in den Wald gegangen?«
»Gleich am nächsten Tag. Aber bevor ich die Fabrik verließ, hab ich mir dort noch zwei Haumesser und einen Spaten unter den Nagel gerissen. Meine Kumpels haben es alle gesehen, aber keiner hätte mich verpfiffen.«
»Und deine Frau hast du einfach so zurückgelassen?« fragte sie verwundert.
»Sie ist älter als ich«, sagte er unwillig. »Sie hat mich eingefangen. Ich hab sie geheiratet, weil ich damit um den Militärdienst herumkam. Sie hat das Haus mit in die Ehe gebracht, und mit dem Haus ihre Eltern. Sie hat feste Redensarten: Ehrlich währt am längsten! Ohne Fleiß kein Preis! Was werden die Leute dazu sagen! Und immer pünktlich zur gleichen Uhrzeit: Komm zu Tisch, Ramon!

Am schlimmsten aber war das ewige: Liebst du mich? Sag, daß du mich liebst! Liebst du mich nicht mehr?«
»Hat sie inzwischen einen anderen, der mit ihr schläft?«
»Das weiß ich nicht, und mir ist es auch egal. Jedesmal, wenn ich nach La Barranca gekommen bin, bin ich bei Nacht ins Haus eingestiegen und hab mir von meinen Werkzeugen und Kleidern rausgeholt, was ich noch brauchen konnte. Ich kenn mich da ja aus. Vielleicht hat sie's hinterher gemerkt, daß ich es war. Ich bin froh, daß sie nicht aufgewacht ist.«
»Glaubst du, sie hätte Alarm geschlagen?«
»Nie«, antwortete er mit einer Grimasse. »Was würden die Leute sagen?«
»Aber jetzt kannst du nicht mehr nach La Barranca zurück«, sagte sie und zog die Stirn in Falten. »Du hast nicht nur bei dir daheim, sondern auch im Laden gestohlen.«
»Ich laß ein Jahr verstreichen, ehe ich wieder hingehe. Bis dahin haben sie mich längst vergessen.«
»Du hast Mut«, seufzte sie. »Ich geh nicht wieder nach La Barranca zurück. Nie wieder.«
Dann verfielen sie in Schweigen. Sie packten ein und brachen auf. Ramon Acosta übernahm Silberbesteck und Schöpflöffel. Sie vertraute ihm jetzt. Doch kamen sie nur sehr langsam vorwärts, nachdem sie sich vom Fluß gelöst hatten und sich nun wieder mitten in den Wald schlugen. Die Spuren eines frischgehauenen Pfades waren zu erkennen, aber die Säcke verhakten sich im Gezweig, sie waren breiter als die Schultern der Träger und ließen sich nur mit Mühe hindurchzerren. Und so übernachteten sie noch einmal im Wald, obwohl sie an diesem Abend schon hatten ankommen wollen.

Am letzten Tag ihrer Wanderung wachte Ramon Acosta zuerst auf und weckte Olinda: »Es sind noch etwa drei Kilometer. Sie sind nicht so mühsam wie das Stück zwischen Moor und Fluß, aber ich möchte nicht erst bei Dunkelheit ankommen; ich will meinen Garten bei Licht wiedersehen.«

Es war eine einförmige Landschaft, die nordwestlich der Flußkrümmung lag: eben, dicht bewaldet, von schmalen Wasserläufen durchfurcht, ohne die flachen Hügel zwischen La Barranca und dem namenlosen Fluß. Ramon Acosta kannte den Pfad genau; er hatte ihn im Lauf seiner drei Waldjahre auf dem Weg zum Fluß immer wieder ausgehauen. Am meisten hielt die Überquerung der Bäche auf. Sie mußten nach gestürzten Bäumen suchen, die beide Ufer miteinander verbanden. Hier war zwar kein Sumpf, kein Morast, trotzdem kostete jeder Schritt Mühe. Eine meterdicke Schicht vermodernden Laubes federte unter ihren Füßen. Immer wieder traten sie zwischen morschen Ästen, Farnen und Stauden ins Leere. Eidechsen und Leguane huschten an den Stämmen hinauf, durch das Laub davon. Riesige Wespen schwärmten aus einem abgebrochenen Stamm. Zuweilen wanderten sie im Halbdunkel durch Bambus- und Lianentunnel, dann wieder durchpflügten sie baumloses Gestrüpp und verfluchten die Sonne, die sie nicht sehen, aber durch die Schwüle doch spüren konnten. Diese unerträgliche Schwüle trieb ihnen den Schweiß aus der Haut. Es roch nach Fäulnis und Anis, nach Fäulnis und Zimt, aber immer nach Fäulnis, und hin und wieder nach Gegorenem oder nach Aas. Ein Rudel Affen turnte über sie hinweg, stieß Warnrufe aus, keckerte. Blätter rieselten herab. Immer wieder stolperten sie über Wurzelschlingen, blieben in Ranken hängen, fielen, fuhren wieder hoch: Waren sie auf eine Ameisen-

straße gefallen? Hatten sie ungewollt eine Schlange gereizt?
Dann durchquerten sie einen Bereich, in dem schwarze, hummelartige Insekten schwärmten, sich auf ihnen niederließen und zustachen.
»Der Stich ist harmlos«, sagte Ramon Acosta. »Nur das Gesumm macht einen auf die Dauer verrückt. Widerliche Viecher, aber in einer halben Stunde sind wir aus ihrem Gebiet heraus.«
»In einer halben Stunde!« rief Olinda. »Wer weiß, was noch kommt. Ein schrecklicher Wald! Ein Mordwald.«
Er blieb stehen und zeigte auf bohnengroße, schwarzrote Samenkörner, rings um einen breiten Stamm gesät. »Kennst du die? Hast du die auch schon auf Schnüre gefädelt, um Glück in der Liebe zu haben?«
»Dazu war ich zu jung, bevor ich zu der Araña kam.«
»Ich hab eine Menge von diesen Samen auf den Markt von La Barranca getragen«, sagte er. »In der Umgebung der Stadt findet man kaum mehr welche, aber bei mir hier draußen gibt es viele Bäume, die sie abwerfen. Man bezahlt sie gut. Für die Liebe macht noch der Ärmste einen Groschen locker.«
Aber Olinda hörte kaum zu. Sie schlug nach den schwarzen Hummeln, drehte sich im Kreis und hieb blind um sich. Ramon Acosta mußte sie weiterziehen. Kurz darauf trat sie fast auf eine Schlange, die seinen wachsamen Augen entgangen war. Zusammengeringelt lag sie zwischen Farnblättern am Rand des Pfades, grünlichgelb geschuppt. Olinda fuhr zurück und schrie auf, während das Tier lautlos verschwand. Sie wurde schreckhaft. Mit geducktem Kopf schlich sie hinter Ramon Acosta her und lauerte nach allen Seiten.
»Die Schlangen fliehen doch vor uns«, sagte er. »Was

verlangst du mehr? Außerdem geh ich vor dir her und halte das Haumesser in der Hand. In den drei Jahren hab ich viele Schlangen zerhackt. Einmal hat mich eine gebissen, eine ziemlich giftige. Ich hab die Wunde aufgeschnitten und ausbluten lassen. Der Fuß ist etwas angeschwollen. Das war alles.«

Gegen Mittag durchquerten sie eine Gegend mit weißblühendem Gerank, das stark duftete. Olinda bekam Kopfschmerzen. Aber sie war wie verzaubert von den Schwärmen großer, gelber Schmetterlinge um diese Blüten.

Sie legten mehrere Pausen ein und aßen schweigsam. Am Nachmittag rutschte Olinda auf der schlüpfrigen Rinde aus, als sie einen gestürzten Baum überkletterten. Sie fiel auf bemoostes Gestein und schlug sich ein Knie blutig. Und der Mann geriet in einen Ameisenhaufen, der unter großen Blättern versteckt gelegen hatte. Er schüttelte sich und riß sich die Kleider vom Leib. Olinda begriff nicht, was ihm geschehen war, und schrie vor Entsetzen auf.

»Sei nur ruhig«, sagte er, während er sich von dem Gewimmel befreite. »Es ist nur der Wald.«

»Bevor ich umkomme, will ich wenigstens noch schreien!«, rief sie.

»Versprich mir, daß du mich unter die Erde bringst, wenn ich hier draußen krepiere. Ich will nicht von Aasgeiern auseinandergezerrt werden, hörst du?« Sie hatte eine ganz schrille Stimme bekommen. »Laß danach in La Barranca eine Messe für mich lesen, ja?« schluchzte sie. »Versprich mir das. Und wenn du sie mit Leguaneiern oder Liebesbohnen bezahlen mußt!«

»Wenn's sein muß«, knurrte er. »Aber hör auf mit diesem Geschrei. Das erinnert mich an meine Frau.«

Sie verstummte sofort.

Das letzte Stück kamen sie nur noch sehr langsam vorwärts. Olinda fuhr bei dem geringsten Laut zusammen. Sie weinte vor sich hin.

»Sieh mich an«, sagte Ramon unwirsch. »Ich habe jahrelang hier gelebt und lebe immer noch.«

»Ja, du«, schluchzte sie. »Dir ist das Haumesser ja auch schon an der Hand festgewachsen.«

Er grinste. »Dafür hast du das Amulett am Hals. Gibt es einen besseren Schutz?«

Sie zog die Nase hoch und hörte auf zu weinen. Schweigsam ging sie hinter ihm her. Er hörte hinter sich nur ihr Keuchen.

»Laß den Sack hier«, sagte er. »In einer Stunde sind wir da. Ich gehe morgen oder übermorgen noch einmal hierher und hole ihn.«

Aber sie wollte nicht. Und so taumelte sie, zuletzt fast im Halbschlaf, weiter hinter ihm her. Als die Sonne tief im Westen stand, überquerten sie eine kleine, von Unterholz überwucherte Lichtung. Olinda blinzelte in die Bäume des Himmels und ächzte: »Sind wir da?«

Er schüttelte den Kopf.

»Warum bist du nicht hier geblieben? Hier hattest du doch einen schönen, freien Platz?«

»Hier ist kein Wasser.«

Nach ein paar Schritten tauchten sie wieder in den Schatten des Waldes ein.

»Erzähl mir was«, stöhnte sie. »Erzähl mir was Spannendes, damit ich mich nicht so spüre und damit ich nicht merke, wie tief wir in den Wald hineingehen.«

»Es ist ein Wasserlauf gewesen«, begann er monoton zu erzählen, »eigentlich nur ein Graben, der sich an einer Stelle zu einem Tümpel, einem flachen Becken verbreiterte. Er war voll Entengrütze, aber darunter war das Wasser sauber. Ich hab die Ränder abgestochen, das Becken vertieft, ein paar Stufen angelegt. Es ist kein stehendes Wasser. Es kommt aus dem Graben und fließt ab in den Graben. Dort bin ich geblieben. Die allerdicksten Bäume hab ich stehengelassen, um Schatten zu haben. Aber die dünneren hab ich abgeschlagen, und das Unterholz hab ich alles weggehauen. Das hat mich viele Wochen gekostet. Wenn ich die eine Seite frei hatte, war die andere inzwischen wieder zugewuchert. Nachts hab ich alle diese Wochen in der Hängematte geschlafen, und wenn es geregnet hat, lag ich in der Nässe. Erst als ich den Mais und die Kürbiskerne und die Bohnen in der Erde hatte, hab ich mit dem Zaun angefangen: Um die ganze saubergemachte Lichtung hab ich einen Zaun gezogen. Er ist rund. Eine runde Lichtung, ein runder Garten. Ein Zaun ohne Nägel, nur ineinandergeflochten. Ich hab lange rumprobiert, bis ich heraus hatte, wie ich den Zaun aufrechthalten konnte. Ich hieb Pfähle zurecht und schlug sie in die Erde, und dann flocht ich Ranken dazwischen, drunter, drüber, drunter, drüber, verstehst du? Eine mühsame Arbeit. Dieser Zaun hat mich auch ein paar Wochen gekostet. Und während ich mich noch mit ihm geplagt hab, sind die Samen aus dem Wald schon darübergeflogen, sind Lianen durchgekrochen, kam das Unkraut durch die Spalten und wuchs innerhalb des Zaunes weiter, haben sich die Wurzeln unter dem Geflecht durchgezwängt. Fast ist mir der Mais erstickt, fast hab ich die Kürbispflanzen im Gewucher nicht mehr gefunden. Ich mußte jäten, säubern, Insekten vertilgen, wilde Triebe kappen, Ranken abschneiden, die meinen Garten überspinnen wollten. Manche Stauden und Büsche sind nicht totzukriegen. Die vermehren sich unter der Erde, kümmern sich nicht um den Zaun, und schaut man einen Augenblick nicht hin, strecken sie schon wieder hier und da

und dort einen Trieb aus dem Boden! Ein runder Garten mitten im Wald, hundertfünfzig Meter im Durchmesser, ist fast nicht sauberzuhalten. Man muß Tag für Tag auf den Beinen sein, Tag für Tag den Wald zurückdrängen, immer rundherum, rundherum, und wenn ich mal einen Tag lang ausruhe oder zum Fluß gehe, muß ich's danach mühsam bezahlen. Erst als die Kürbisse schon so groß waren, daß ihnen so leicht kein Gewurzel, keine Kriechranken mehr gefährlich werden konnten, hab ich die Hütte bauen können. Sie ist auch rund geworden. Ich hatte nur ein paar Nägel mit, deshalb hab ich die Wände auch flechten müssen. Für das Flechten ist die Rundform am einfachsten. Die Hütte hat auch nur eine Tür und keine Fenster. Aber Licht kommt durch all die kleinen Spalten zwischen dem Geflecht, und der Wind kann durchstreichen. Sie ist kühl, angenehm zum Schlafen, mit einem weit überstehenden, runden Dach. Es läßt keinen Regen durch. Unter diesem Dach wirst du gut schlafen.«
Er machte eine Pause.
»Erzähl weiter«, drängte sie.
»Dreimal hab ich es abreißen müssen«, fuhr er fort. »Immer wieder zeigte sich, daß es undicht war. Aber jetzt kommt kein Tropfen mehr durch, auch wenn es aus Kannen schüttet. Drinnen hab ich sogar einen Tisch gezimmert, aus Pfählen und Ruten. Natürlich hat er keine glatte Platte, aber man kann richtig auf ihm essen. Und einen Stuhl gibt es auch, mehr eine Bank, aus einem Holzklotz. Für dich mache ich auch noch einen Stuhl. Gegen die Wände hab ich von innen einen Wall aus Erde angehäuft. An manchen Stellen hab ich ihn ausgehöhlt, und in diese Höhlen kann man Gefäße mit Essen stellen, damit es kühl bleibt. Man muß nur aufpassen, daß nicht die Ameisen darangehen. Das alles hab ich allein gemacht. Und als ich jetzt in La

Barranca war, hab ich mich nach diesem Ort gesehnt. Noch nie hab ich Heimweh gehabt, auch nicht als Kind, aber jetzt zieht's mich heim. Gleich morgen werde ich den Zaun reinigen und ringsherum jäten müssen. Daran hab ich mich gewöhnt. Aber sonst ist es ein guter Platz. Viel Schatten, fast keine Mücken, obwohl doch der Tümpel da ist. Ich hoffe, du lebst dich ein. Du mußt dich nur daran gewöhnen, daß alles rund ist.«

Sie gab keine Antwort. Er drehte sich um. Mit halbgeschlossenen Augen taumelte sie hinter ihm her, das Haar schweißnaß im Gesicht.

»Erzähl weiter«, murmelte sie.

»Ich brauch nicht weiterzuerzählen«, sagte er. »Wir sind da. Dort vorn ist der Zaun, und im Zaun das Tor.«

Sechstes Kapitel

Während der ersten Tage verließ Olinda nur selten die Hütte. Sie genoß die Kühle unter dem breiten Dach, die Brise, die ab und zu durch das Wandgeflecht strich. Raschelte draußen etwas, fuhr sie zusammen. Sie beschäftigte sich viel mit dem zahmen Papagei, der mit gestutzten Flügeln auf einem ins Geflecht gespießten Aststück saß und ab und zu Worte und Satzfetzen in Ramon Acostas Redeweise ausstieß. Sie gab ihm zu fressen, sie sprach leise auf ihn ein: »Meine liebe Olinda – meine liebe Olinda.« Sie hängte auch das Jesusbild an den Aststumpf eines Pfahls im Geflecht. Aber die meiste Zeit lag sie in ihrer Hängematte und schlief. Ihre aufgekratzten Mückenstiche verkrusteten, die Krusten fielen ab.
Ramon Acosta beobachtete, wie sie immer wieder ihr Amulett küßte und die Lippen bewegte, wenn sie wach war. Er ließ ihr Zeit. Er gab sich viel Mühe mit den Gerichten, die er auftrug. Sie bestanden meist aus Kürbis, Mais oder Bohnen mit Yucca. Sie aß nur winzige Portionen, aber sie bat um Kaffee. Als er ihr den nicht bieten konnte, wurde sie schweigsam. Sie stichelte ein wenig an ihrer Wäsche herum, zählte das Geld der Araña, legte es dann müde beiseite und zog sich erschöpft in die Hängematte zurück. Aber nach einer knappen Woche wurde sie munter. Sie bekam Appetit, begann sich zu kämmen und bat Ramon Acosta, sie zu bewachen, während sie sich am Tümpel wusch.

»Du kannst ganz hineinsteigen«, sagte er. »Ich hab den Grund mit Steinen ausgelegt.«
»Dreh dich um«, rief sie, während sie ihre Kleider auf den Stufen ablegte, »hier will ich leben wie eine ehrbare Dame.«
Sie wusch sich selbst, dann ihre Kleider. Schließlich wollte sie auch noch seine Kleider waschen. Aber das war nicht viel.
»Bleib hier neben mir stehen mit deinem Haumesser«, sagte sie. »Ich trau dem Wald nicht. Es werden nicht nur die Wurzeln und Ranken sein, die durch den Zaun kriechen.«
Er blieb neben ihr, solang sie wusch, sah ihr zu, betrachtete ihre kleinen Hände im Wasser, ihre Haarsträhnen über dem Gesicht, ihre eckigen Knie, die, wenn sie auf den Stufen kauerte, fast ihre herabgebeugten Schultern überragten. Er sprach so gut wie nichts, und wenn sie ihm einen Blick zuwarf, schaute er weg.
»Du hast es schön hier«, sagte sie, während sie die nasse Wäsche auf einem Stein ausbreitete und klopfte. »Wirklich, so schön hatte ich mir's nicht vorgestellt.«
Er errötete.
»Jesus«, rief sie, »du kannst ja noch richtig rot werden! Du bist aber ein seltenes Stück. Macht es dir denn so viel aus, ob ich deinen Garten schön finde?«
»Du hast ja noch nicht einmal meine Feldstücke und Beete besichtigt.«
»Ach was, auf die Bohnen und das Maisfeld kommt's doch nicht an, und auf die Kürbishügel. Aber die runde Hütte und die großen Bäume darüber mit ihrem Schatten, den Tümpel und dann das runde Stück Himmel, so groß wie dein Zaun – das mag ich sehr.«
»Schön, daß du's magst«, sagte er langsam. »Ich hatte schon Sorge, es würde dir hier nicht gefallen.«

Er zog für sie eine Bastleine von Baum zu Baum und half ihr beim Aufhängen der Wäsche. Auch ihre und seine Stiefel wusch sie am Wasser ab, das sich, langsam fließend, immer wieder selbst reinigte.
»Wie still du bist«, sagte sie. »Hast du mich nicht hergeholt, um mit jemand reden zu können? So rede doch.«
Er grinste. »Es fällt mir nichts ein. Du machst mich stumm.«

Am nächsten Tag geriet sie richtig in Fahrt. Mit dem Reiserbesen kehrte sie den Raum aus. Sie kehrte auch die festgetretene Fläche unter dem vorspringenden Dach. Sie scheuerte Tisch und Stuhl, reinigte den Wandwall und seine Höhlen. Vergeblich versuchte sie, eine Ameisenstraße zu zerstören, die schräg durch die Hütte führte. Sie kratzte Essensreste vom Steinherd, der außerhalb der Hütte unter dem Dach stand. Alle Spinnweben verschwanden.
»Laß mich heute kochen«, sagte sie. »Als Kind hab ich oft kochen müssen. Schon als ich neun Jahre alt war, hat mich mein Vater das Essen für ihn und die Geschwister kochen lassen. Denn damals starb meine Mutter, und ich war die Älteste. Und all die acht Jahre bei der Araña hab ich immer vom Kochen geträumt.«
Sie kochte eine dicke Bohnensuppe, in die sie noch ein paar Würfel ihres Rauchfleisches hineinschnitt.
»Und was, wenn das Fleisch verbraucht ist?« fragte sie.
»Das wirst du schon sehen.«
Sie aßen beide mit Heißhunger. Die Suppe reichte nicht. Als sie fertig waren, leckten sie die silbernen Löffel ab und lachten sich an.
»Morgen werde ich eine größere Portion kochen«, sagte sie.

Als kein Rauchfleisch mehr da war, ging er auf die Jagd. Sie flickte solange seine alten Hosen. Ab und zu schaute sie zu ihrem Jesusbild auf. Milde, mit leicht geneigtem Haupt, blickte der blonde Jesus an ihr vorbei auf den Papagei, den das bunte Bild anfangs zum Kreischen gebracht hatte. Jenseits des Zauns hörte sie in kurzen Abständen mehrere Schüsse. Eine Weile später kam Ramon Acosta mit zwei Leguanen und einem fetten, bunten Vogel zurück.

»Magst du Leguanfleisch?« fragte er. »Es ist zart, wie Hühnchen. Ich lebe hier fast nur von Leguanfleisch.«

Er häutete die Leguane und nahm sie aus, sie rupfte den Vogel.

»Wie schön er ist«, seufzte sie und steckte die bunten Federn ins Wandgeflecht.

»Was soll das?« fragte er.

»Du hast kein bißchen Schönheit in deiner Hütte. Aber laß mich nur machen. Ich werde die Hütte schon verschönern. Davon versteh ich was.«

Sie wurde ungemein geschäftig und zog blühende Ranken durch das Geflecht.

»Morgen werden sie vertrocknet sein«, sagte er.

»Dann werde ich wieder frische hineinflechten«, rief sie. »Ich hab hier ja so viel Zeit.«

Am Abend briet sie das Leguanfleisch über der Glut. Es schmeckte gut. Während sie aßen, erfrischte ein vorübergehendes Gewitter die Luft. Es wurde angenehm kühl. Aus dem Wald kamen Tierstimmen.

»Das ist jenseits vom Zaun«, sagte Ramon Acosta.

Als sie gegessen hatten, führte er sie durch den Garten. Er zeigte ihr die neue Maissaat und die Kürbisse, die Bohnen, die an dürren Stecken hinaufkrochen, zuletzt auch das Yuccafeld.

»Mit der Yucca fange ich jetzt erst richtig an«, erklärte er. »Die wird erst im nächsten Jahr eine gute Ernte geben. Dort drüben sind auch noch Zwiebeln, und hier« – er deutete auf einen frisch bearbeiteten Streifen am Zaun – »werden bald Sonnenblumen keimen. Ich hab Samen aus der Stadt mitgebracht und vor ein paar Tagen eingesät.«

»Und Zuckerrohr? Warum ziehst du hier kein Zuckerrohr? Dann könnten wir auch süßen.«

»Meinst du? Ich hab auch schon mal dran gedacht, aber dann hab ich mich erst mal um das gekümmert, was wichtiger ist, was Kraft gibt. Und ob es in diesem Waldboden gedeiht?«

»Ich hab bei der Finca Belmonte Zuckerrohrfelder gesehen«, sagte sie. »Wenn es dort gedeiht, warum nicht auch hier? Du kannst es ja probieren. Ich bin verrückt auf Süßes.«

»Gut, aber du mußt mir helfen, vor allem, wenn der Regen kommt. Dann wächst alles doppelt so schnell. Schau, von allen Seiten kommt er wieder angekrochen, der Wald. Als ob er sich die Lichtung zurückholen wollte.« Und zornig riß er ein paar Ranken ab, die sich durch das Zaungeflecht zwängten.

»Natürlich helfe ich dir. Oder hast du gemeint, ich sitze hier nur so herum?«

Sie blieb vor einem hüfthohen Bäumchen stehen. »Das sieht aus wie ein Tamaibabaum«, sagte sie verwundert.

»Ist es auch. Den hab ich aus La Barranca mitgebracht. Er hat die Reise gut überstanden, und er wird schnell wachsen und viel Schatten geben. Er ist kein Waldbaum, er ist was Besonderes.«

»Auf den freu ich mich. Und vor allem freu ich mich, daß du jetzt gesprächiger geworden bist.«

»Es hat sich so ergeben«, murmelte er.

Die Luft duftete nach Wald. Auf dem runden Stück Himmel über dem Garten zogen Sterne auf. In dieser Nacht schlief Ramon Acosta mit Olinda in ihrer Hängematte.

Er konnte nicht immer mit dem Haumesser neben ihr stehen, aber sie brauchte seinen Schutz auch nicht mehr. Sie wagte schon, den Garten ohne ihn zu durchstreifen. Freilich, als sie der ersten Schlange innerhalb des Gartens begegnete, schrie sie auf und stürzte in die Hütte. Aber länger als zwei Tage hielt sie es in dem runden Käfig nicht aus.

Im dritten Monat ihres Waldlebens war sie schon so kühn, tagein, tagaus barfuß zu laufen und den Garten zu verlassen, um draußen nach Blüten zu suchen. Sie schmückte nicht nur die Hütte, sondern auch sich selbst. Und rings um das Jesusbild blühte es auch immer. »Überlaß mir nur das Unkraut und die Ranken, die hereinwuchern«, sagte sie, »zum Schmuck taugen sie gut.«

»Hühner sollten wir halten«, sagte sie einmal. »Dann hätten wir Eier und Fleisch. Und was hältst du von einer Ziege? Meinst du, daß du sie von La Barranca bis hierher bringen kannst? Und auf jeden Fall muß ein Hund her. Ich verstehe nicht, daß du dir nicht schon früher einen Hund geholt hast. Er kann die Schlangen verjagen und was sonst noch herein will.«

»Ein Hund braucht Fleisch«, sagte Ramon Acosta. »Woher soll ich soviel Fleisch nehmen?«

»Ich hätte so gern einen Hund. Mit einem Hund kann man warm werden. Und wenn's auch nur ein ganz kleiner ist. Schließlich wäre er auch mit den Knochen zufrieden.«

Nur die Mücken trübten ihre Zufriedenheit. Olinda zog alle Mücken an, vor allem jene, deren Stich einen winzigen, dunklen Punkt geronnenen Bluts unter der Haut zurückließ und stark juckte. Sie konnte sich nicht beherrschen, sie mußte kratzen. Es entstanden kleine Wunden, die nach einiger Zeit ihre Krusten abwarfen und winzige, weiße Narben in der braunen Haut zurückließen. Jetzt begriff sie, warum Ramon über und über mit kleinen, weißen Narben bedeckt war.

Sie säuberte die Kalabassen und brannte zierliche Muster in sie ein. Bald standen kleine und große Schüsseln auf einem Hängebord, jede mit einem anderen Muster. Einige hatten sogar passende Deckel.

»Habe ich dir nicht erzählt«, fragte sie, »daß wir daheim auch Kürbisse gepflanzt und Kalabassen verziert haben? Dann haben wir sie nach La Barranca auf den Markt gebracht. Damals war ich noch ein Kind. Meine Mutter hat sehr hübsche Muster ausgedacht. Manchmal kam sogar einer aus der Hauptstadt, der hat uns gleich alle auf einmal abgekauft. Für Leute aus anderen Ländern, hat er gesagt. Aber er hat nicht viel bezahlt. Auf dem Markt bekamen wir mehr dafür.«

Sie pflückte nicht nur Blumen, sie pflanzte sie auch. Rings um die Hütte pflanzte sie, was sie im Garten an besonders hübschen Stauden und Blumen fand. Sie schleppte Wasser vom Tümpel und goß. Sie kauerte sich jeden Morgen vor das Beet, rupfte Unkraut und begutachtete das Gedeihen ihrer Zierpflanzen. »Warte nur«, sagte sie, wenn er grinste, »dein Garten wird noch ein Paradies werden.«

Sie summte und trällerte und wusch und kochte, half im Garten und lernte mit dem Haumesser umgehen. Ihre Haut wurde dunkler, ihre Hände wurden schwielig, der letzte Nagellack blätterte ab. Sie brachte Ramon Acosta dazu, einen Hühnerstall und einen Ziegenpferch zu bauen.

»Es muß eine tragende Ziege sein«, sagte sie, »sonst ist sie eines Tages tot, und wir sitzen ohne Milch da.«

Sie lachte ihn aus, weil er jeden Morgen mit dem Haumesser eine Kerbe in den Pfahl der Tür schnitt, immer sechs waagrechte und eine senkrechte quer darüber. »Wozu mußt du wissen, welcher Tag ist? Es ist gleich, ob es Sonntag ist oder Mittwoch. Ein Tag unterscheidet sich hier nicht vom andern, alle sind gleich schön.«
Er schüttelte unwillig den Kopf. »Ich will wissen, woran ich bin.«
»Du weißt nicht, was du willst«, sagte sie. »In La Barranca hat dich die Ordnung gestört.«
Er drehte sich um und verzog sich in den Garten.

»Der Garten hat noch keinen Namen«, sagte sie eines Tages. »Du mußt ihm einen Namen geben.«
Ramon Acosta starrte sie verblüfft an. »Sag mir, wie ich ihn nennen soll. Mir fällt nichts ein.«
»Nenne ihn doch MEIN PARADIES«, sagte sie schnell.
»Ich werde es mir überlegen.«
Am Abend sagte er zu ihr, als er mit ihr schlief: »MEIN PARADIES ist ein schöner Name. Aber ich nenne den Garten MEINE FREIHEIT.«
Sie hatte weder Lesen noch Schreiben gelernt. Am nächsten Morgen ließ sie sich von ihm MI LIBERTAD in den gestampften Lehm vor der Hütte kratzen, suchte sich Ruten und Stäbe, schnitt sie zu, entrindete sie und band sie mit Bastfäden zu den einzelnen Buchstaben zusammen. Die knüpfte sie an einen langen Bambusstab, den sie zwischen dem linken und rechten Torpfosten befestigte. Nun wölbte sich der Stab mit den Buchstaben in einem Bogen über dem Tor. Ramon Acosta sah sich ihr Werk von draußen an. MI LIBERTAD konnte man schon von weitem lesen. Er nickte zufrieden.

»Du mußt bald wieder nach La Barranca gehen«, sagte sie. »Ich hab schon eine lange Liste von all dem im Kopf, was du besorgen mußt.«

»Treib mich nicht. Jetzt fängt es bald an zu regnen, da kommt man nicht durch den Wald. Und ich muß erst wieder Liebessamen und Leguaneier sammeln, um Geld in die Hand zu kriegen. Es läßt sich nicht alles stehlen.«

»Nimm doch von meinem Geld«, sagte sie.

»Nein«, antwortete er schroff. »Behalte du dein Geld. Ich will nichts davon. Keinen Centavo.«

Nach ein paar Monaten ging das Salz aus. Olindas letzte Nadel wurde rostig, sie hatten keine Seife mehr. Ramon Acostas Bart wucherte ihm wieder bis auf die Brust, und seine Hosen zerschlissen. Ihr Kamm zerbrach. Sie mußte ihr volles, kräftiges Haar mit einem halben Kamm kämmen. Das brachte sie in Zorn.

Sie litt unter der Regenzeit. Es regnete zwar nur alle paar Tage, und dann auch nur eine halbe Stunde, aber so heftig, als öffne sich der Himmel. Nach jedem Guß dampfte die Erde. Die Kühle des Regens verflog im Nu. Zurück blieb eine unerträgliche Schwüle, die träge und trübsinnig machte. Sie trieb den Schweiß aus der Haut und ließ die Kleider am Körper kleben.

»Ich kann mich selber nicht mehr leiden«, sagte Olinda. »Und du riechst auch nach Schweiß.«

»Ich rieche nach Arbeit. Du siehst doch, ich muß den Wald wegdrängen, sonst kommt er uns noch bis in die Hütte. Den ganzen Tag habe ich gebraucht, um nur ein einziges Beet zu säubern, und dabei weiß ich doch, daß der Wald hinter meinem Rücken schon wieder lauert, um mir seine Samen mit dem nächsten Wind über den Zaun wehen zu lassen. Da drüben in den Sonnenblumen hat sich schon ein ganzes Gebüsch breit gemacht, fast über Nacht.«

»Ja, ja, ich weiß. Immer dasselbe Lied. Geh nur im Kreis herum und hacke. Man könnte meinen, Gott habe in diesen Wald gespuckt, so fruchtbar ist er.«

Es war eine eintönige Zeit, nur von einigen starken Gewittern unterbrochen. Dann wurde der Himmel über dem Garten bleigrau und berührte fast den Zaun. Der Papagei kreischte zwischen den Donnerschlägen, und Olinda klammerte sich bei jedem Blitz an den Mann. »Hör schon auf, mein Herr Jesus«, schrie sie in das Getöse. »Ich hab keine Todsünde begangen, seit ich hier bin, nur daß ich mit ihm schlafe. Aber das kannst du mir doch nicht übelnehmen, ich bitte dich! Wo wir doch hier unter demselben Dach schlafen, und überhaupt –«

»Mach dich nicht lächerlich«, knurrte er.

»*Du* ziehst die Gewitter herbei!« schrie sie ihn an. »Weil du nicht an ihn glaubst. Mit diesen Unwettern will er dich kleinkriegen.«

»Solche Unwetter gibt es überall. Die gäbe es auch, wenn es gar keine Menschen gäbe.«

»Bei der Araña hat es nie so laut gedonnert!«

Mit zitternden Lippen küßte sie immer wieder ihr Amulett und jammerte: »Heiligstes Herz Jesu, erbarme dich unser.«

Als das Gewitter genau über der Lichtung stand, bebte die Hütte unter den Donnerschlägen. Olinda warf sich vor dem Jesusbild nieder und schrie: »Das hält man ja nicht aus, wenn du einem so nahe kommst, allmächtiger Gott!«

Aber kaum hatte sich das Unwetter entfernt, warf sie ihre Angst ab und lächelte Ramon Acosta verlegen an.

»Ich hab eben so eine Natur«, seufzte sie. »Ich bin ein Hasenfuß. Im Angsthaben bin ich ganz groß.«

Siebtes Kapitel

Als die Regenzeit vorbei war, machte sich Ramon Acosta wieder bereit für den nächsten Gang nach La Barranca. Olinda stutzte ihm Bart und Kopfhaar mit ihrer kleinen Stickschere, säuberte seine Stiefel, trocknete die Leguaneier, die er heimbrachte, und fädelte sie auf Bastschnüre. Sie sammelte Liebessamen unter den Bäumen, die draußen neben dem Pfad standen. Sie gab ihm auch ihre schönsten Kalabassenschalen und -schüsseln mit. »Es sind ja deine Kürbisse gewesen«, sagte sie, »also kannst du die Schalen ruhig annehmen. Und was ich für mich mitgebracht haben möchte, bezahle ich natürlich von meinem Geld.«
Sie wollte eine Menge mitgebracht haben, Nadeln und Zwirn, Seife, Kämme und Zopfspangen, Unterwäsche, Hose und Bluse, eine neue Hängematte, ein Tischtuch und Handtücher und natürlich Kaffee. »Kaffee!« rief sie und rollte die Augen. »Endlich wieder einmal Kaffee! Schon das ganze Jahr freu ich mich auf den Augenblick, wenn ich wieder eine Tasse Kaffee vor mir stehen hab. Bei der Araña bekamen wir so viel Kaffee, wie wir wollten, immer mal ein Täßchen so dazwischen, damit wir wachblieben. Glaub mir, die ersten Tage hier draußen fielen mir schwer, so ohne Kaffee. Ich hab damals sogar von Kaffee geträumt. Ich konnte ihn richtig riechen.«
»Es wird schon allein für dich ein Sack voll. Willst du nicht mitkommen? Dann könntest du deine Sachen selber tragen.«

»Nach La Barranca? Niemals. Lieber verzichte ich auf einen Teil, als daß ich mich dort sehen lasse. Stell dir vor, wenn ich gefangen würde!«
So machte er sich allein auf den Weg, und sie begleitete ihn bis zum Tor. Er hatte eine lange Liste bei sich. Darauf hatte er alles notiert, was er in MI LIBERTAD unbedingt brauchte, und im Sack hatte er auch einen Baststrick für die Ziege.
»Während du fort bist, werde ich den Garten nicht verlassen«, sagte sie.
»Paß auf die Glut im Herd auf. Sonst mußt du alles roh und kalt essen, bis ich zurückkomme.«
Am Tor streifte sie ihm ihr Kettchen mit dem Amulett über den Kopf.
»Trag's unterwegs, bitte«, flüsterte sie, »auch wenn du nicht daran glaubst. Mein Herr Jesus wird schon auf dich aufpassen, wenn ich ihn darum bitte. Denn was würde aus mir, wenn du nicht mehr zurückkämst? Das muß Gott doch einsehen.«
»Nein«, sagte er schroff. »Es würde mir auf der Haut brennen: einen Aberglauben um den Hals. Erspar mir das.«
Die Tränen schossen ihr in die Augen. Sie nahm das Amulett zurück. »Dann werde ich wenigstens für dich beten.«
»Und kümmere dich drum, daß das Unkraut nicht überhandnimmt«, sagte er. »Hau's ab, wenn du die Ranken und Wurzeln nicht herauskriegst. Denn diesmal werde ich länger brauchen. Ich werde den Rückweg doppelt machen müssen, wegen dem vielen Gepäck und dem Vieh.«
»Laß dich nicht erwischen«, rief sie ihm nach, und ganz zuletzt noch, als er schon in der grünen Wand verschwunden war, schrie sie: »Und vergiß den Kaffee nicht!«

Während der ersten Nacht wagte Olinda kaum zu schlafen. Die Dunkelheit war voller Geräusche. Sogar innerhalb des

Zauns fiepte und surrte, raschelte und zirpte es. Während der nächsten Tage schlich sie immer wieder zum Tor, um sich zu vergewissern, daß es fest verschlossen war. Es gab einen Trick, den hölzernen Riegel von außen zurückzuschieben, aber den kannten nur Ramon Acosta und sie. Für Fremde war das Tor von außen nicht zu öffnen.
Das Haumesser ließ sie kaum aus der Hand und legte es neben sich, während sie aß. Aber sie aß nicht viel, sie bekam kaum einen Bissen herunter. Nachts trieben sie die Geräusche oft aus der Matte. Dann setzte sie sich auf den Stuhl, den Ramon Acosta für sie gezimmert hatte, und betete um eine glückliche Heimkehr.
Tagsüber hieb sie alles ab, was durch den Zaun wucherte. Das Haumesser schwingend, zog sie rund um den Garten an der Innenseite des Zauns entlang, und wenn sie ihn umkreist hatte, begann sie mit einer neuen Runde. Sie wollte Mi Libertad gut bewachen und bewahren, sie wollte, daß Ramon Acosta mit ihr zufrieden war, wenn er heimkam. Aber während sie einen breiten Streifen am Zaun entlang säuberte, schoß das Unkraut innen im Garten in die Höhe. Die Pfade zwischen den Feldstücken und Beeten wucherten vor ihren Augen zu. Sie kam nicht nach. Es war unmöglich, jede Pfahlwurzel herauszuziehen, jedes oft meterlange, vielverzweigte unterirdische Gesproß dem Erdreich zu entreißen. Das Blumenbeet um die Hütte uferte aus, rankte schon am Wandgeflecht hoch, züngelte durch die Ritzen. In Panik hieb sie das Unkraut samt den Blumen und Zierpflanzen ab, mähte das ganze Beet kahl und atmete dann erleichtert auf.
Manchmal, wenn sie in den Nächten erwachte, glaubte sie das Unkraut wachsen zu hören: Es raschelte, als entrollten sich junge Blätter, es knallte fast unhörbar von platzenden Knospen und Samenkapseln, es schabte auf dem Boden

entlang, als schöben sich Wurzelfinger heran. Ihr war, als müßte sie ersticken. Eine Woche, nachdem Ramon Acosta weggegangen war, gab sie auf und wehrte sich nicht mehr gegen das Gewucher. Sie kümmerte sich auch nicht mehr um die Glut im Herd. Mit dem Haumesser über den Knien kauerte sie am Tor und starrte auf den Pfad, auf dem er heimkehren mußte. Nachts quälten sie Träume, aus denen sie schweißgebadet hochschreckte. Wenn es zu dämmern begann, hörte sie in der Ferne Affenrudel orgeln. Das morgendliche Papageiengekreisch erschien ihr wie eine Erlösung. In der neunten Nacht nach Ramon Acostas Weggang sah sie durch das Gitter des Wandgeflechts zwei gelbe Augen um die Hütte kreisen. Sie wußte nicht, ob sie träumte oder die Augen wirklich sah.

Am Nachmittag des zehnten Tages, als sie wieder hinter dem Tor kauerte, hörte sie das Gekläff eines Hundes. Wo in diesem Wald ein Hund war, mußte auch ein Mensch sein. Also näherte sich ein Fremder dem Garten, jetzt, wo Ramon nicht daheim war!
Sie drückte sich flach ins Gesträuch und hielt den Atem an. Vorsichtig spähte sie durch das Geflecht. Sie konnte nichts sehen, aber sie konnte das Schlurfen von Stiefeln auf dem weichen Waldboden hören, die trockenen Schläge eines Haumessers und endlich Ramon Acostas unverkennbares Geräusper. *Er* war es. Er kam heim!
Hastig schleuderte sie das Haumesser weg, entriegelte die Pforte und stürzte dem Mann entgegen. Da erschien er auch schon in der Schneise des Pfads, wieder einmal mit kahlem, sonnenverbranntem Kinn und Stoppelhaar, und grinste. Noch ehe er seinen prallen Ledersack von der Schulter gerollt und einen zweiten, schlaffen Hanfsack vor seiner Brust vom Strick gelöst hatte, schoß sie schon auf ihn zu.

»Vorsicht!« rief er. »Da sind Hühner drin.«
Er hielt schützend seinen Arm vor den Sack, in dem sich etwas bewegte. Sie küßte diesen Arm, sie küßte den Sack, sie küßte alles, was von ihm erreichbar war. Bis sie zurückfuhr: Ein kleiner, weißer Spitz kläffte ihr um die Füße. Das war zuviel für sie, das alles auf einmal. Sie brach in Tränen aus.
»Der da hat den langen Marsch heil überstanden«, sagte er und deutete mit dem Kinn auf den Hund. »Ein wahres Wunder, weil er seine Nase unter jedes Blatt stecken muß. Eigentlich hätte ihn ein Dutzend Schlangen und Skorpione beißen müssen. Er soll dir gehören. Ich hab ihm noch keinen Namen gegeben. Das ist deine Sache. Aber die Ziege hat unterwegs der Teufel geholt. Schade, so ein hübsches Tier, und trächtig. Sie ist die ganze Zeit am Strick hinter mir hergesprungen. Dann hab ich sie auf einer kleinen Lichtung an einem Ast festgebunden und bin umgekehrt, um das andere Zeug zu holen – wegen dem vielen Gepäck mußte ich den ganzen Rückweg doppelt machen. Als ich wieder auf die Lichtung zurückkam, lag sie tot da – das heißt, was von ihr übrig war.«
Olinda konnte nicht sprechen. Sie schluchzte und beugte sich zu dem Hund hinab, wollte ihn auf den Arm nehmen und streicheln. Aber er fuhr zurück und kläffte empört.
»Er wird sich schon an dich gewöhnen«, sagte Ramon Acosta. »In den letzten beiden Nächten hat er schon mit mir in der Hängematte geschlafen. Er ist noch ganz jung. Hilf mir tragen, ich bin kaputt. Nimm die Hühner.«
»Das Unkraut ist mir über den Kopf gewachsen«, sagte sie schuldbewußt, als sie den Garten durchquerten. »Ich hab geharckt und gejätet, aber ich bin nicht nachgekommen.«
»Ich hatte mir's schlimmer vorgestellt«, meinte er. »Man sieht, daß du dich gewehrt hast!«

»Zuletzt nicht mehr. Ich hab einfach den Mut verloren. Jetzt tut mir's leid. Wo du mir doch den Hund mitgebracht hast.«

Er verlangte zu essen, er war hungrig. Olinda ließ sich sein Feuerzeug geben und stürzte an den Herd, um eine Suppe zu kochen mit gewürfeltem Rauchfleisch, das er mitgebracht hatte, und mit Salz.

Während er auspackte, ließ sie immer wieder den Rührlöffel fallen und lief in die Hütte, um zu mustern, was zum Vorschein kam: Zuerst das Huhn und der Hahn, die noch etwas torkelig in der Hütte herumtrippelten und nach Ameisen pickten, große braune Hühner, mit Beinen wie Flederwische.

»Die hab ich meiner Frau gestohlen«, sagte er. »Sie haben im Höfchen auf dem Orangenbaum geschlafen. Die Viecher haben einen Höllenspektakel gemacht. Das Huhn hatte ich gleich, dazu brauchte ich nur zwischen die Zweige zu greifen, die voll von Hühnern waren. Aber den einzigen Hahn zu erwischen, ganz früh in der ersten Morgendämmerung, das war so schwierig, daß ich gar nicht bemerkt hab, wie sie im Nachthemd aus dem Haus kam.«

»Wer? Deine Frau?« fragte Olinda erschrocken. »Und was hat sie gesagt? Hat sie geschrien?«

»Aber nein, wo denkst du hin? Das hätten die Leute ja hören können. Nein, sie hat gesagt: Bleib hier, Ramon, wie stehe ich da vor den Leuten, ohne dich? Wie eine Witwe und doch keine Witwe. Warum liebst du mich nicht mehr? Und dann ist sie auf mich zugekommen, hat die Arme um mich geschlungen und mich abgeküßt, daß mir die Luft ausging. Da hab ich einfach um mich geschlagen. Ich hab sie abgeschüttelt, hab mir den Hahn geschnappt und bin geflüchtet.«

»Arme Frau«, seufzte Olinda.

»Du kennst sie nicht. Sie ist noch genauso wie damals. Sie hat sich kein bißchen geändert. Sogar ihr Nachthemd war noch das gleiche.«

»Ich hab dich vorhin auch geküßt«, sagte sie verlegen. »Ich hatte nicht mehr drangedacht, daß du das nicht magst.«

»Du fällst ja nicht wie ein Berg über mich«, sagte er.

Sie schwieg, kehrte zum Herd zurück und beugte sich über die Suppe. Aber gleich darauf war sie wieder bei ihm: »Und wo hattest du die Ziege her?«

»Die hab ich einem armen Teufel abgekauft, und bezahlt, was er verlangt hat.«

»Und der Hund?«

»Der ist gestohlen. Oder auch nicht – wie man's nimmt. Auf dem Markt hat er herumgeschnüffelt und gejault. Er muß seine Herrin verloren haben.«

»Warum glaubst du, daß er einer Frau gehört hat?«

»Sieh dir das Halsband an. Feinstes rotes Leder und verziert. So ein Halsband kauft kein Mann. Und überhaupt, welcher Mann schafft sich so einen kleinen weißen Spitz an? Der taugt doch nur zum Spielen und Schmusen.«

»Dann paßt er ja zu mir«, sagte Olinda und schnalzte zu dem struppigen kleinen Kerl hinüber, der auf den Erdwall gesprungen war und von dort, mit der Schnauze auf den Pfoten, mißtrauisch beobachtete, was in der Hütte geschah. Auf das Schnalzen hin begann er zu knurren.

»Er hat nach Parfüm gerochen, als ich ihn fing«, sagte Ramon Acosta. »Er wird Schlagsahne gewöhnt sein. Du kannst ihm nicht einmal Milch bieten.«

»Aber ich werde ihn lieben wie ein Kind«, rief Olinda und lief hinaus zum Herd.

»Übrigens waren deine Kalabassen die schönsten auf dem ganzen Markt«, rief er ihr nach. »Ich bin sie alle los geworden.«

Als sie wieder hereinkam, lag der Ledersack schlaff auf dem Boden, und rundherum häufte sich sein Inhalt: Patronen, ein gewaltiges Stück Speck, Trockenfleisch, ein Säckchen Reis, die große Salzdose, ein Beutel mit Zucker, ein Kanister mit Sonnenblumenöl, Sämereien, ein Bündel Zuckerrohrpflanzen, eingeschlagen in ein feuchtes Tuch. Für sie, das entdeckte sie gleich, hatte er Zopfspangen, Seife, ein Nadelbüchlein und eine quastenverzierte Hängematte mitgebracht.
»Hier ist dein Geld«, sagte er. »Ich habe nur einen Teil verbraucht.«
Sie beroch die Seife, betastete den Stoff der Hängematte, steckte einen Finger in den Zuckerbeutel und leckte ihn ab, betrachtete entzückt die Zopfspangen: rot und golden, blau und silbern – buntes Glas und Geglitzer.
»Aber wo ist denn der Kaffee?« fragte sie plötzlich.
»Beim andern Zeug im Wald. Morgen früh muß ich noch einmal fort und es holen. Ich hab's am Fluß versteckt. Am Fluß steht übrigens eine Hütte. Ganz weit unten, wo man ans Ufer stößt, wenn man von La Barranca kommt.«
»Fein«, sagte sie. »Jetzt sind wir also nicht mehr die einzigen hier draußen. Jetzt werden wir endlich Besuch bekommen.«
»Fein nennst du das? Wenn ich das geahnt hätte, wäre ich noch tiefer in den Wald gezogen. Gott sei Dank sind's Indios, wie mir scheint. Die sind scheu. Die werden uns aus dem Weg gehen. Ich hab niemanden um die Hütte gesehen, als ich vorbeikam. Aber sie ist bewohnt. Mais hing unter dem Schilfdach, und ein Hund hat gebellt.«

Am nächsten Morgen zog Ramon Acosta los, um den Rest des Gepäcks zu holen. Er kam erst am Spätnachmittag des übernächsten Tages heim. Solange er fort war, sprach

Olinda viel mit dem Hund, den er an den Türpfosten der Hütte gebunden hatte. Sie kauerte sich in sicherer Entfernung vor ihm hin und flüsterte Kleinkindergeplapper. Anfangs knurrte der Hund noch und fletschte die Zähne, aber nach und nach wurde er ruhig, und bald ließ er zu, daß sie ihn streichelte. Als der Mann zurückkam, sagte sie: »José soll er heißen.«
»José? Das ist doch kein Hundename.«
»Stimmt«, sagte sie entschlossen, »deshalb soll er ja auch so heißen.«
Ramon Acosta zuckte mit den Schultern. »Ich versteh dich zwar nicht, aber es ist ja *dein* Hund.«
Er schleppte Sack, Gewehr und noch ein mächtiges Bündel zur Hütte. Den Kaffee tranken sie aus Emaillebechern. Den einen davon besaß Ramon schon seit seinem ersten Marsch in den Wald, den zweiten hatte er jetzt aus La Barranca mitgebracht.
»So ein Kaffee macht das Blut wärmer und den Himmel blauer«, sagte Olinda.
»Ich trau ihm nicht über den Weg. Wenn man nicht aufpaßt, fängt er einen ein. Diesen Becher voll, und Schluß. Ab morgen kannst du ihn allein trinken.«
»Fein, dann reicht er doppelt so lange.«
Er ließ sich in die Hängematte fallen.
»Du glaubst nicht, Olinda, wie froh ich bin, daß ich diesen Gang nach La Barranca hinter mir habe. Hier hat keiner Macht über mich, hier kontrolliert mich niemand, hier kann ich tun, was ich will.«
»So? Bestimmt hier nicht das Unkraut über dich und das, was du zu tun hast?«
»Das siehst du falsch«, antwortete er, pfiff dem Hund, der jetzt nicht mehr an der Leine lag, und hob ihn zu sich in die Matte. Bald darauf hörte Olinda beide schnarchen. Seuf-

zend machte sie sich daran, Sack und Bündel auszupacken. Eifersucht rührte sich: José war *ihr* Hund! Lustlos betrachtete sie das Tischtuch, die Handtücher. Sie fand sie häßlich und schlecht. Und was für eine Bluse, was für Unterwäsche er da erstanden hatte! Zeug für alte Weiber. Davon hatte die Araña wirklich mehr verstanden. Sie ließ alles liegen und warf sich in ihre neue Hängematte.

»José«, rief sie leise.

Aber der Hund kannte seinen neuen Namen noch nicht. Sie blieb allein und weinte sich in den Schlaf.

Achtes Kapitel

Aber auch als der Hund begriffen hatte, daß er José hieß, blieb er dabei, nachts bei Ramon Acosta zu schlafen, obwohl er tagsüber neben Olinda in der Hütte lag oder hinter ihr herlief, wenn sie im Tümpel Wasser holte. Nur wenn der Mann während der Nacht fortblieb – ab und zu, um im Fluß zu fischen –, sprang José abends in Olindas Matte und kuschelte sich an sie.
Das Huhn legte nicht viele Eier in Mi Libertad. Eines Morgens war es verschwunden. Nur noch ein paar Federn lagen im Verschlag. Trübsinnig hockte der Hahn noch eine Woche herum, dann entschloß sich Ramon Acosta, ihn zu schlachten. Aber obwohl Olinda ihn knusprig briet, schmeckte er ihnen nicht. Sie weinte: »Das ist dein verdammter Wald. Er reißt uns alles weg, was uns lieb ist. Und niemand beschützt uns vor ihm.«
»Alles? Der Hund ist ja noch da, die Hütte, der Zaun, der ganze Garten –«
»Eines Tages wird er auch das noch holen, und uns dazu.«
»Das siehst du falsch. Wir leben ja auch von ihm. Wir leben auf seinem Boden und unter seinem Schatten, und was ich jage, jage ich in ihm. Wir trinken sein Wasser, und du schmückst dich mit seinen Blüten. Unsere Kürbisse und Bohnen wachsen aus seinem Grund, und Hütte und Zaun sind auch aus ihm gemacht.«
»Aber wir leben von seinen Gnaden. Wir sind ihm ausgeliefert. Wann immer er will, kann er uns holen. Ich bin ja

wenigstens nicht allein gegen ihn, ich hab meinen Jesus. Aber du? Mich wundert, daß du noch ruhig schlafen kannst.«

»Du übertreibst. Was ist denn der Wald? Ein Haufen Pflanzen, eine Menge Tiere. Das ist alles. Ich aber hab meinen Verstand.«

»Der Wald weiß auch ohne Verstand, was für ihn am besten ist. Das ist seine Natur. Wir jedenfalls sind gegen seine Natur. Das spürt er. Deshalb ist er gegen uns.«

»Ach, hör auf! Du denkst nicht. Du hast nur Gefühle.«

Nach diesem Gespräch verstummte er. Sie sah, daß er seinen Gedanken nachhing, wenn er im Garten jätete und pflanzte. Manchmal schien er nicht zu wissen, was er tat. Gegen Ende des zweiten stummen Tages hieb er sich mit dem Haumesser die Kuppe der rechten großen Zehe ab, verlor viel Blut und konnte tagelang nicht arbeiten. Während er in der Hängematte lag, Schmerzen litt und wartete, daß sich die Wunde schloß, war er unleidlich.

»Dreh deinen Jesus um«, rief er. »Ich kann dieses Jammergesicht nicht ausstehen!«

»Der bleibt, wie und wo er ist«, antwortete Olinda ruhig, »dreh *du* dich doch um, wenn du ihn nicht erträgst.«

Er hatte Glück, die Wunde entzündete sich nicht. Nach einer Woche konnte er sich schon wieder über das Unkraut hermachen und ein kleines Zuckerrohrfeld anlegen.

In diesem zweiten Jahr, das Olinda auf MI LIBERTAD verbrachte, merkte sie, daß sie schwanger war. Sobald sie ihrer Sache sicher war, kämmte sie sich sorgfältig, schmückte sich und die Hütte, umkränzte das Jesusbild, leistete sich aus ihrem Vorrat eine neue Zopfspange, zog sogar ihre Stöckelschuhe an und summte.

»Was ist denn los?« fragte er.

»Wir werden ein Kind haben.«
Er starrte sie an. Sein Blick wurde hart. »Das hab ich nicht gewollt«, murmelte er.
»Aber ich! Bei der Araña hab ich keins haben können, aber hier gibt es keinen Grund, kinderlos zu bleiben. Wenn du's nicht haben willst, dann kümmere dich nicht drum. Es wird meins sein, meins allein, es wird nicht in deiner Hängematte schlafen, sondern in meiner, und es wird meine Milch trinken!«
»Und doch wird es mir ein Klotz am Bein sein, das sehe ich schon kommen«, murrte er.
Wieder verkroch er sich in sich selbst. Sie aber trällerte durch die Hütte und den Garten, kämmte sich öfter als sonst, scheitelte ihr Haar einmal hier, einmal da, pflückte mächtige Sonnenblumensträuße und fand zu Ramons Erstaunen sogar den Wald schön. »Wieviel verschiedene Grüns er hat«, sagte sie. »Ist dir das schon einmal aufgefallen?«
»Warte nur«, flüsterte sie José ins Ohr, »in zwei Jahren wird es schon mit dir spielen.« Und zum Papagei sagte sie drohend: »Wehe dir, wenn du's hackst. Und wenn es schläft, wird nicht geschnarrt, oder du kommst raus, wo du genauso verschwinden wirst wie das Huhn.«
»Und wie willst du das Kind so allein kriegen?« fragte Ramon Acosta. »Ich bin keine Hebamme.«
»Bei uns haben es auch viele daheim bekommen. Ich weiß, wie's geht. Ich war auch dabei, als mein jüngster Bruder geboren wurde. Und ich bete ja schon immerzu darum, daß es keine Steißgeburt wird und daß es nicht die Nabelschnur um den Hals gewickelt hat. Ich hab's im Gefühl, daß alles gut gehen wird.«
Er schüttelte düster den Kopf. »Es ist mir schon jetzt ein Klotz am Bein.«

Als sie im vierten Monat war, biß ihn eine Schlange. Zwar gelang es ihm, sie zu töten, aber das Gift war schon in seinem Fuß. Er schlitzte die Haut auf, ließ die Wunde ausbluten und saugte sie aus. Trotzdem schwoll der Fuß sofort an. Das ganze Bein wurde dick und prall und schillerte in allen Farben. Eine Woche lang dämmerte er zwischen Schlafen und Wachen, vom Fieber geschüttelt, dahin und murmelte wirres Zeug. Er aß nichts und trank nur, wenn sie ihm Wasser oder Tee in den Mund träufelte. Dann kam er wieder zu Verstand, war aber so matt, daß er sich nicht auf den Beinen halten konnte.

»Kümmere dich um das Maisfeld«, stöhnte er, »sonst wächst es zu. Und halte das Zuckerrohr sauber.«

Sie nickte, nahm das Haumesser und machte sich an die Arbeit. Stundenlang, tagelang kämpfte sie, über das Messer gebückt, mit dem Unkraut. Auch die Holzvorräte gingen zur Neige. Sie mußte hinaus vor den Zaun und dort zwischen Farn und Gerank nach abgebrochenen Ästen suchen, die sie dann in den Garten schleifte. Sie nahm den Hund mit. Angst würgte sie, wenn sie nach den Ästen griff, die oft von Laub und Moder bedeckt waren. Manchmal bellte der Hund. Dann raschelte es irgendwo. Manchmal sah sie auch etwas davonhuschen. Zweimal war es eine Schlange, und sie fuhr entsetzt zurück. Daheim zersägte sie das Geäst mit der kleinen Handsäge. Ihr Rücken bog sich dabei auch wie ein Sägebügel. Sie hatte Angst um das Kind, aber Holz mußte sie haben, um für Ramon Brühe kochen zu können. Die brachte ihn langsam wieder auf die Beine. Aber noch brach ihm, wenn er ein paar Schritte machte, der Schweiß aus der Stirn. Ungeduldig schleppte er sich durch den Garten. Überall sah er Arbeit auf ihn warten. Bestürzt betrachtete er die neuen Sonnenblumen. Winden drohten sie zu ersticken.

»Schau dir das bloß an!« klagte er. »Wo sie doch dieses Jahr viel kräftiger kamen als im vergangenen.«
Olinda kam mit dem Haumesser gelaufen, während er erschöpft zur Hütte zurückschwankte. Aber zwischen den Sonnenblumenstengeln war mit dem Haumesser nicht viel anzufangen. Sie legte es beiseite und befreite jede einzelne Blume von den Fäden, die sie umwanden.
Sie hörte José hinter sich bellen. Mühsam richtete sie sich auf und schaute sich um. Da sah sie, nur drei Schritte entfernt, eine riesige Würgeschlange aus dem Sonnenblumenbeet gleiten.
Olinda wollte aufschreien, aber kein Laut kam von ihren Lippen. Das Sonnenblumenbeet zog sich schmal am Zaun entlang. Wo war der übrige Leib der Schlange? Hatte sie schon eine große Schlinge ausgelegt, die sie nur noch zuzuziehen brauchte? Olindas hastig suchende Augen entdeckten endlich den Rest des dunkelgeschuppten Leibes: Er hing über den Zaun und ließ sich langsam, sehr langsam herabgleiten in das grünüberwucherte Beet, während der Kopf schon fast bei den Kürbissen war.
»Lauf weg, José!« flüsterte sie, griff nach dem Haumesser, packte es mit beiden Händen und schlug es, während ihr Herz raste, quer durch den fetten Schlangenleib, trennte den Kopf vom Rumpf, der sich wild aufbäumte. Das ganze Sonnenblumenfeld geriet in Bewegung. Mit einem dumpfen Laut fiel der Schwanz vom Zaun herab zwischen die Stengel. Noch eine Weile wand er sich hin und her, dann wurde er still.
Olinda ließ das Haumesser fallen und taumelte auf die Hütte zu. Auf halbem Weg erbrach sie sich, während José zwischen Schlange und Hütte hin- und herlief und kläffte.
Als Ramon Acosta verstört seinen Kopf aus der Tür steckte, sah er Olinda fallen. Selber noch geschwächt, hatte

er Mühe, sie in die Hütte zu tragen. Es dauerte lange, bis sie aus ihrer Ohnmacht auftauchte.
Am Abend verlor sie das Kind. Fast verblutete sie. Ramon stand ihr hilflos bei, so gut er konnte. Blaß, mit geschwollenem Gesicht und blutleeren Lippen, lag sie am nächsten Morgen in der Matte.
»Bleib doch«, murmelte er mit Angst in den Augen.
»Wozu soll ich bleiben? Ich bin dir ja nur ein Klotz am Bein.«
»Du nicht«, sagte er heiser. »Das weißt du doch.«
»Wo ich auch lebe«, seufzte sie, »werde ich nur benutzt.«
»Ach Olinda.«
»Ja, ja, ich weiß«, flüsterte sie, »du kannst eben auch nicht aus deiner Haut, du armer Teufel.«
Jetzt kochte er für sie. Er gab sich Mühe. Er hinkte herum und umsorgte sie wortkarg, bis ihre Lippen wieder Farbe bekamen.
»Vergiß den José nicht«, erinnerte sie.
Er schleppte sich mit dem Gewehr in den Wald und erlegte einen Leguan. Den Hund, der ihm bis zum Tor mit Gekläff um die Beine gesprungen war, hatte er zu ihr zurückgejagt. Als er heimkehrte, brachte er außer dem Leguan einen Schmetterling mit. Der hatte sehr große, leuchtend bunte Flügel.
»Er lag auf dem Pfad«, sagte er. »Ich hab gedacht, vielleicht findest du ihn schön.«
»Aber er ist tot«, sagte sie bitter.
»Reiß dich zusammen. Es gibt noch viele lebendige Schmetterlinge da draußen. Und sieh dir an, was du erlegt hast. Ich hab sie abgehäutet. Sie ist achteinhalb Meter lang. Weiß der Teufel, du mußt eine Menge Mut in dir haben. Die Haut gehört dir. Häng sie hier in die Hütte, wenn du willst.«

»Nein«, schrie Olinda auf, »ich will sie nicht haben, ich will sie nicht einmal sehen, und in die Hütte kommt sie nicht, solange ich hier lebe!«
»Na gut. Wie du willst. Reg dich doch nicht so auf. Aber du hättest wirklich allen Grund, stolz zu sein.«
»Was weißt denn du«, murmelte sie erschöpft. »Ich hab sie doch nicht gejagt. Ich hab mich verteidigt. Ich hab gedacht, sie will mich umschlingen, mich und das Kind, und da hab ich mich gewehrt.«

Nach einer Woche schleppte sie sich wieder in der Hütte herum und hinaus zum Herd, aber sie war nicht wie früher. Sie schmückte sich nicht mehr. Sie flocht nicht einmal mehr ihr Haar zu einem Zopf, sondern ließ es ungekämmt über Rücken und Schultern hängen. Sie steckte auch keine Blumen mehr ins Wandgeflecht und um das Jesusbild. Sie sprach nicht mehr mit dem Hund, kraulte ihm nur noch manchmal das Fell. Und dem Papagei antwortete sie nicht mehr, wenn er »meine liebe Olinda« schnarrte. Wollte Ramon Acosta mit ihr sprechen, antwortete sie einsilbig oder zog sich in ihre Hängematte zurück. Ihre Nase begann wieder zu bluten.
Allmählich kräftigte sich ihr Körper. Sie tat ihre Arbeit. Sie half Ramon Acosta, den verwilderten Garten wieder in Ordnung zu bringen. Er versuchte, in ihr Freude über die erste Zuckerrohrernte zu wecken, über die stattlichen Yuccawurzeln, die sie gemeinsam ausgruben, über die gewaltigen Kürbisse. Aber sie verspürte nicht einmal Lust, ein Stück Zuckerrohr zu zerkauen und dessen Süße zu genießen, wie sie es als Kind so gern getan hatte.
Er nahm sie mit auf die Leguanjagd und lehrte sie, mit dem Gewehr umzugehen. Aber sie zielte ungenau. Schoß sie daneben, zuckte sie nur mit den Schultern.

Er ging mit ihr an den Fluß und ließ sie angeln. Aber sie fand keine Lust daran. Die Fische, die er fing, rührte sie kaum an. Es war ihr alles gleichgültig. Stundenlang saß sie im Schatten eines Baumes und rührte sich kaum.
Erst die Gewitter der Regenzeit brachten wieder Leben in sie. Sie schrie ihre Angst in die Blitze hinein, in das Krachen des Donners, in das Geprassel des Regens. Sie preßte den Hund an sich, sie hielt sich die Ohren zu und kniff die Augen zusammen. Wenn das Gewitter vorübergezogen war, löste sich ihre Angst in einem Weinkrampf.
Gegen Ende der Regenzeit bekam sie Zahnschmerzen, die wochenlang anhielten. Sie kochte Tee, legte Blätter auf die geschwollene Backe, betete mit dem Amulett in der Hand. Aber es nützte nichts. Sie weinte. Er bot ihr an, sie nach La Barranca zu bringen, aber sie wollte nicht. Schließlich gewöhnte sie sich, verschlossen und gereizt, an die Schmerzen.
Ramon Acosta versuchte sie zu ermuntern, wieder Kalabassen zu verzieren: »Sie verkaufen sich gut. Vielleicht bringen sie eine Ziege ein. Ich will's nochmal versuchen.«
Lustlos ging sie daran, aber die Muster gelangen ihr nicht so gut wie im vergangenen Jahr.
»Die Ziege wirst du ja doch nicht lebendig bis hierherkriegen«, sagte sie.
Wieder ging das Salz aus, kurz danach verschoß er die letzte Patrone: Es wurde Zeit für den nächsten Gang nach La Barranca. Diesmal wollte sie nichts mitgebracht haben außer Schmerztabletten und neuer Seife und einem Küchenmesser. Sie sträubte sich dagegen, allein daheim zu bleiben. Sie wollte ihn begleiten, bis zu der Hütte am Fluß.
»Dort werde ich auf dich warten«, sagte sie.
Aber er schlug es ihr ab: »Damit würden wir uns diese Leute nur herziehen, denn ein Dienst erwartet einen Gegen-

dienst. Ich will mir alles vom Hals halten, was den Fluß hinauf- und herunterschwärmt, auch solche Waldleute. Wenn du willst, laß ich dir das Gewehr hier, damit du dich sicherer fühlst.«
Aber sie wollte das Gewehr nicht.

Mit einem Ledersack, prall gefüllt mit Kalabassen, die wiederum gefüllt mit Liebessamen, bunten Federn und Ketten mit Leguaneiern, verließ er – etwa ein Jahr nach seinem letzten Besuch in La Barranca – seinen Garten MI LIBERTAD. Dieses Mal begleitete ihn Olinda nicht bis zum Tor, sondern blieb mit hängenden Armen vor der Hüttentür stehen.
»Ich werde mich beeilen, sosehr ich kann«, sagte er. »Sieh zu, daß du inzwischen das Unkraut in Schach hältst.«
Am Tor drehte er sich noch einmal um und winkte. Sie winkte müde zurück. Er scheuchte den Spitz zur Hütte und schloß das Tor von außen.
Gleichgültig verrichtete sie während seiner Abwesenheit die täglichen Arbeiten, hieb den Zaun sauber, schabte das Gewucher von den Pfaden zwischen den Beeten. Nachts, wenn es im Garten wisperte und seufzte, preßte sie ihren Kopf in das Fell des Hundes. Den gelben Augen, die um die Hütte wanderten, begegnete ihr Blick öfter, manchmal schon in der Abenddämmerung, und immer öfter ertappte sie sich dabei, daß ihre Gedanken zurückkehrten zur Araña. In deren Höfchen hinter dem Haus waren ihr nie gelbe Augen begegnet.
Diesmal kam er schon nach acht Tagen zurück. Immer noch trug er Bart und langes Haar. Er fand Olinda hinter dem Yuccafeld beim Jäten.
»Hast du mich nicht kommen hören?«
Sie schüttelte den Kopf.

»Der José hat doch wie verrückt gebellt!«
»Er bellt oft«, sagte sie.
»Ja«, sagte er etwas verlegen, »du hast mich noch nicht erwartet, nicht wahr? Aber ich hatte keine Ruhe, wegen dem Garten.«
»Hast du etwas gegen meine Schmerzen bekommen?«
Er zog ein Röhrchen mit Schmerztabletten aus seiner Brusttasche.
»So wenige?« fragte sie enttäuscht.
»Ich hab noch mehr im Sack. Ich hab sie richtig gekauft, nicht gestohlen. Sie sollen sofort wirken. Nimm sie gleich.«
Gehorsam folgte sie ihm zur Hütte. Neben dem Türpfosten stand eine magere Ziege mit graubraunem Fell. Sie zerrte an dem Strick, mit dem sie festgebunden war.
»Diesmal sind mir die Hühner unterwegs eingegangen«, sagte er. »Es waren weiße. In der Nacht am Fluß hab ich sie neben meiner Hängematte in ihrem Sack an einen Ast gehängt. Am nächsten Morgen hat sich nichts mehr im Sack gerührt. Tot, alle beide, und schon steif. Ich kann mir's nicht erklären. Der Sack hatte Löcher, und er war aus Hanf. Sie sind nicht erstickt.«
Sie schluckte eine Tablette, während er erzählte. Er brach seinen Bericht ab und beobachtete sie. »Spürst du was?«
Sie schüttelte den Kopf. Aber nach einer Weile erhellte sich ihr Blick. »Ja, es läßt nach. Es wird mir so klar zumute. Als ob ich schwebe. Als ob ich erwache –«
Sie sah ihn mißtrauisch an. »War es nicht vor allem wegen der Ziege, daß du dich beeilt hast, schnell heimzukommen?«
Er begriff ihre Frage nicht gleich. Aber dann grinste er und sagte: »Glaubst du, dich könnte eine Ziege ersetzen, wenn du nicht mehr hier wärest?«
Er zog eine Dose Pulverkaffee aus seinem Sack.

»Auch wenn du mir nicht aufgetragen hast, ihn mitzubringen«, sagte er.
Da lächelte sie zurück, lehnte sich an ihn und streichelte den Kopf der Ziege.
»War's schlimm?« fragte er. »War's genauso schlimm wie das letzte Mal? Oder hast du dich schon dran gewöhnt?«
Sie zuckte mit den Schultern. »Wenn ich dir von den gelben Augen erzähle, lachst du mich ja doch aus.« Und sie ging zum Herd, um ihm Maisfladen zuzubereiten.
»Du glaubst nicht, wie sich die Stadt ausdehnt«, berichtete er. »Zwischen der Finca Belmonte und den ersten Häusern der Stadt steht eine Menge neuer Hütten – ein ganzes Viertel. Es wimmelt dort von Kindern. Jetzt wird an einer Mühle gebaut, nicht weit von der Hütte des Knechts entfernt, dem ich die erste Ziege abgekauft habe. Es soll eine richtige Fabrik werden für Maisprodukte, alles in Packungen oder Flaschen: Maisgrieß, Maismehl, Maisöl. Und neben dem Hafen steht eine Papierfabrik. Sie ist fast fertig. Das Holz für das Papier wollen sie aus dem Wald holen. An der Plaza Bolivar gibt es jetzt eine neue Bank mit fünf Stockwerken. Stell dir das vor! Man wird ganz schwindlig, wenn man daran hinaufschaut.«
»Bist du bei der Araña vorbeigekommen?«
»Ja, zufällig. Ihr Haus ist eingezwängt zwischen Neubauten. Du würdest die Straße nicht wiedererkennen. Die Front ist auch frisch gestrichen, ganz in Rosa, und das Gebüsch davor ist weg, statt dessen steht über den Stufen ein großartiger Torbogen mit Leuchtbuchstaben: MI PARAISO.«
»Merkwürdig«, sagte Olinda. »Obwohl ich ihr doch die Kasse geklaut hab. Die Kundschaft muß zugenommen haben. Und MI PARAISO hat sie's genannt, genau so, wie ich deinen Garten nennen wollte –«

»Es gibt viel Unruhe im Land«, berichtete er, während er aß. »Ein Kumpel aus der Zuckerfabrik hat mir eine Menge erzählt. Ich hab's gar nicht alles behalten können. Jedenfalls wollen sich die Armen nichts mehr gefallen lassen, hat er gesagt. In der Hauptstadt hat's ein paar Tote gegeben. Und ich sag dir: diese Preise!«

Sie beobachtete ihn. Er wußte wohl gar nicht, was er aß. Seine Gedanken waren weit weg. Er kaute und sprach.

»Warst du wieder bei deiner Frau?« fragte sie.

Er nickte. »Aber diesmal hat sie mich nicht gehört.«

»Trinkst du einen Becher Kaffee mit?«

Er nickte wieder geistesabwesend. »Diesmal bin ich *noch* lieber heimgekehrt als das letzte Mal. So viele Uniformen, so viele Polizisten in den Straßen, alles voller Kontrollen. Ein Glück, daß sie mich nicht geschnappt haben. Es ist jetzt Vorschrift, einen Ausweis bei sich zu tragen. Ich hab schon längst keinen mehr. Und dieser Höllenlärm. Mir rauschen die Ohren noch jetzt davon.«

Olinda schwieg. Sie stützte den Kopf in die Hände und sah ihn unverwandt an.

»Bist du unterwegs jemandem begegnet?« fragte sie dann.

»Nein. Warum?«

»Ich würde gern wieder einmal jemanden lachen hören«, meinte sie, »und einem Gesicht begegnen, das ich noch nicht kenne.« Und nach einer Weile fügte sie hinzu: »Und ein bißchen Lärm hören. Lärm von Menschen.«

Er schüttelte den Kopf. »Du hättest doch mit nach La Barranca gehen sollen. Dann hättest du jetzt genug von Lärm und Gesichtern.«

Sie antwortete nicht.

»Möchtest du nicht sehen, was ich alles mitgebracht hab?«

»Morgen ist auch noch ein Tag.«

Sie saßen sich schweigend gegenüber.

»Hast du diesmal Leute bei der Hütte am Fluß gesehen?« fragte sie später.
»Es wimmelt dort von Kindern«, sagte er finster. »Ich hab sie plärren hören, aber als sie mich am andern Ufer sahen, sind sie verschwunden. Es steht jetzt noch eine zweite Hütte daneben, und am Ufer liegen zwei Einbäume.«
»Wo Kinder sind, müssen auch Mütter sein«, sagte sie lebhaft, »und wenn du Einbäume gesehen hast, waren Männer in der Nähe.«
»Na und?« Er starrte sie feindselig an. »Ich will nichts mit ihnen zu tun haben.«
»Ich weiß«, sagte sie und senkte den Blick.
Dann kletterten sie zusammen in Olindas Hängematte. Den Spitz, der ihnen nachsprang, warf Ramon Acosta wieder hinaus.

Neuntes Kapitel

Das dritte Jahr, das Olinda in MI LIBERTAD zubrachte, zog ruhig dahin. Ihre Zahnschmerzen kehrten noch einmal zurück, dann verebbten sie. Ein halbes Jahr später verlor sie beide oberen Schneidezähne. Die Lücke entstellte sie, und sie wußte das. Sie weinte ein bißchen, aber ihr Kummer erstickte in Arbeit. Unter dem Schatten des vorspringenden Daches pellte sie die Bohnen aus den vertrockneten Hülsen und die Maiskörner aus den Kolben, putzte die Yuccawurzeln und schnitt sie klein für die Mittagssuppe, säuberte Kalabassen und verzierte sie mit einer glühenden Nadel. Aus kleinen Kürbisschalen fertigte sie Schöpflöffel. Sie schälte die Sonnenblumenkerne, hielt Herd und Hütte sauber, wusch die Wäsche, flickte Kleider, Hemden und Hosen, so gut sie konnte, und nähte Lappen auf zerschleißende Stellen. Sie goß und umhütete den kleinen Tamaibabaum vor der Hütte, bis er sie überragte und seine Zweige nach allen Seiten spreizte. Sie hängte die Zwiebeln in Bündeln unter das Dach. Sie backte Maisfladen, kochte süßen Maisbrei und umwickelte Maispaste mit Blättern, um sie frischzuhalten. Sie briet Fleischscheiben auf dem Rost und garnierte sie mit Zwiebelringen. Sie dünstete Yuccawürfel oder kochte sie zusammen mit Kürbis. In einer kleinen Handmühle, die Ramon Acosta vom letzten Stadtgang mitgebracht hatte, mahlte sie Mais zu grobem Mehl. Sie bemühte sich, soviel Abwechslung wie nur möglich in ihre bescheidene Speisenfolge zu bringen. Nachdem

sie den letzten Kaffee verbraucht hatte, wurde sie von einer richtigen Kochwut gepackt.
»Du bist ja wie besessen«, sagte er.
»Die Töpfe klappern, und die Suppe blubbert. Da fühl ich mich nicht so einsam. Und man muß aufpassen, sonst brennt was an. Da kommt man nicht zum Nachdenken.«
Gemeinsam säten und ernteten, pflanzten und pflückten sie. Nie konnten sie aufhören, die Saatpflanzen vor den Ausläufern des Waldes zu schützen. Ramon Acosta hatte seine Gewohnheit beibehalten, seinen Garten immer rundherum vom Unkraut zu säubern. Tag für Tag rückte er ein Stück vor, bis er wieder eine Runde geschafft hatte und von neuem beginnen mußte.
»So vergesse ich nichts«, sagte er. »Alles kommt regelmäßig dran.«
Auch Größe und Form seiner Beete und Feldstücke paßte er nach und nach seinen Rundgängen an. Olinda kümmerte sich um die spitzen Feldecken rund um die Hütte. Er selber übernahm die Außenbeete. Grün überwuchert waren sie alle. Das Unkraut hatte Zeit genug, wieder nachzuwachsen, während Mann und Frau ihre nächste Runde zogen: Eine eintönige Arbeit, die nur durch einen Jagdtag oder einen Gang zum Fluß unterbrochen wurde. Wenn kein Holz mehr neben dem Herd lag, gingen sie zusammen den Pfad entlang ein Stück in den Wald hinein. Sie sprachen nicht mehr viel miteinander. Sie kannten sich jetzt. Sie wußten schon, was der andere sagen würde, bevor er den Mund auftat. Schweigend schliefen sie miteinander. Er bat sie nicht mehr, ihm Bart und Haar zu stutzen, und sie versteckte ihre Zahnlücke nicht mehr vor ihm. Sie schmückte sich nur noch selten, und er wusch sich nicht mehr jeden Abend im Tümpel und kümmerte sich nicht darum, ob er nach Schweiß roch. Zu bestimmten Jahreszei-

ten schneite es Samen über den Zaun herein. Dann waren nicht nur die Beete, sondern auch ihre Haare davon übersät. Sie sammelten sie nicht ab, kämmten sie nicht heraus. Unvorhergesehenes geschah selten. Einmal schoß er einen Tapir. Von dessen Fleisch lebten sie ein paar Wochen. Sie bekam rundlichere Hüften, und sogar er setzte etwas Fett über seinen Rippen an. Was sie von dem Tapir nicht gleich bewältigen konnten, hängten sie eingesalzen in die Sonne und ließen es trocknen.
Die Ziege warf zwei Ziegenlämmer, die beide am Leben blieben und fast alle Milch allein verbrauchten. Eines Tages flatterte der Papagei zur Hüttentür hinaus und entkam auf einen Baum am Rande der Lichtung. Olinda hatte vergessen, ihm die Flügel zu stutzen.
»Meine liebe Olinda – meine liebe Olinda!« krächzte er dort noch eine Weile. Dann verschwand er und ließ sich nie wieder sehen. Olinda zuckte nur mit den Schultern.
»Soll er's genießen«, seufzte sie.
»Was?« fragte der Mann.
»Daß er frei ist«, sagte sie.

Eines Tages bekam sie die vier Windeln in die Hände, die sie während ihrer Schwangerschaft aus dem neuen Tischtuch geschnitten und sorgfältig gesäumt hatte. Sie beugte sich darüber und weinte sie naß. Dann ging sie hinaus zu Ramon Acosta und sagte: »Wo hast du die Schlangenhaut von damals?«
»Im Hühnerstall zwischen den Dachsparren. Wieso?«
»Nur so«, antwortete sie, lief in den Hühnerstall und zog die zusammengerollte Haut zwischen den Dachsparren hervor. Sie trug sie dorthin, wo das Haumesser hing, zerhieb sie in mehrere Stücke und streute sie über den Zaun.

Er sah ihr zu, schritt aber nicht ein. »Die Haut kann doch nichts dafür«, sagte er kopfschüttelnd. »Schade drum.«
Olinda war noch nicht fertig. Sie warf auch die vier Windeln auf die Erde, hackte sie in Fetzen und schleuderte sie über den Zaun in den Wald.
»Jetzt ist das Haumesser stumpf«, sagte Ramon Acosta, hob es von der Stufe auf und wischte mit zwei Fingern den Sand von der Schneide.
Das Unkraut trieb sie an. Es hetzte sie durch das Jahr. Sie konnten sich nicht leisten, am Sonntag auszuruhen. Dieser Tag unterschied sich von den übrigen Wochentagen für sie nur dadurch, daß er am Abend mit ihr schlief. Wenn sie aber am folgenden Morgen vor ihrem Jesusbild betete, drehte er ihr den Rücken zu.

In diesem Jahr verdiente die Regenzeit kaum ihren Namen. Es regnete nur selten und wenig. Der Wald begann zu rascheln, das Wasser in den Flüssen sank. Aber die Wurzeln des Waldes hielten die Feuchtigkeit fest. Der Garten litt keine Not. Ein letztes, heftiges Gewitter füllte die Flüsse wieder etwas auf. Kurz danach ging Ramon Acosta wieder nach La Barranca und kehrte schwer beladen zurück. Diesmal hatte er nicht mehr versucht, Hühner mitzubringen, und den Kaffee hatte er auch vergessen. Seine Gedanken waren bei der kleinen Presse gewesen, die er sich besorgt hatte, um sein Zuckerrohr auspressen zu können. Für diesen Gang hatte er noch einen halben Tag weniger gebraucht als beim letzten Mal.
Er fand Olinda in der Hütte, als er heimkam. Sie kaute gedankenvoll an einem Stück Zuckerrohr und summte. Sie sah ihn nicht kommen, weil sie mit dem Rücken zur Tür saß, und sie achtete auch nicht auf das Gekläff des Hundes. Als er sie anrief, fuhr sie zusammen und drehte sich um.

»Ach du bist's«, sagte sie und erhob sich, um für ihn zu kochen.
»Du würdest diese Stadt nicht mehr wiedererkennen«, erzählte er. »Die Finca Belmonte liegt jetzt schon mitten zwischen neuen Vierteln. Rund um die Plaza Bolivar haben sie allerlei Altes weggerissen und ziehen Neubau um Neubau hoch, und kaum einen unter fünf Stockwerken. Jetzt ist La Barranca übrigens zur Distrikthauptstadt ernannt worden. Der Präsident ist persönlich aus der Hauptstadt gekommen, als die Feierlichkeiten stattfanden. Viele neue Ämter sind da, und jetzt bauen sie ein neues Distriktgefängnis. Es soll ein Modellgefängnis werden, ein riesiger Kasten. Und noch was: Aus den Hütten am Fluß ist inzwischen ein kleines Dorf geworden.«
»Du übertreibst«, sagte sie.
»Ich übertreibe?« rief er empört. »Was weißt denn du? Seit drei Jahren hast du niemanden gesehen außer mir!«
»Doch«, sagte sie und bleckte ihre Zahnlücke. »Ich bin diesmal nicht hiergeblieben, während du weg warst. Es hat mir vor den gelben Augen gegraut. Ich hab gedacht, schlimmer als die gelben Augen kann der Weg zum Fluß und am Fluß entlang auch nicht sein. Und da hab ich das zweite Haumesser genommen und bin auf dem Pfad, den du einen Tag zuvor freigehauen hast, zum Fluß gegangen. José ist mitgelaufen. Manchmal hab ich ihn getragen. Am Fluß hab ich übernachtet. Ich bin keinem Tier begegnet, außer ein paar Leguanen und Enten. Ich bin den Fluß hinuntergegangen, bis ich zu dem kam, was du Dorf nennst. Es sind sechs Hütten, nicht mehr, und eine davon ist nur ein Speicher. Einen Tag lang bin ich dortgeblieben, einen ganzen Tag und eine Nacht. Sie waren freundlich zu mir, die Waldleute, und haben mir zu essen gegeben. Ich hab nicht mit ihnen reden können, denn sie sprechen ihre Waldsprache. Aber

sie haben mir ihre Kinder gezeigt und ihre Felder, ihre Kalabassen und ihre Hühner. Sie tragen nur Tücher um die Hüften und haben auch solche Zahnlücken wie ich. Sie haben mich angelacht und meine Bluse befühlt und das Stück Seife berochen, das ich mitgenommen hatte.«

»Hast du mit einem der Männer geschlafen?« fragte er scharf.

»Ja«, sagte sie und sah ihn herausfordernd an. »Und jetzt fühle ich mich wie neu.«

Er sprang auf und packte sie am Arm.

»Wage es nicht, mir Vorwürfe zu machen«, sagte sie ruhig. »Du hast mir Freiheit zugesichert und hast selber frei bleiben wollen. Ich hab mich an die Abmachung gehalten. Und ich bin freiwillig in dieses Gefängnis zurückgekehrt.«

»Gefängnis sagst du?«

»Was denn sonst?« fragte sie zurück. »Du hast das wohl noch gar nicht begriffen? Ziehen wir nicht Tag für Tag immer im Kreis herum, immer am Zaun entlang wie gefangene Pumas? Sind wir nicht eingesperrt in eine winzige Lichtung und zu Zwangsarbeit verurteilt? Sobald wir aufhören zu arbeiten, ja sobald wir aufhören, uns mit der Arbeit zu beeilen, wächst nichts mehr, was uns ernähren kann. Von dem bißchen, was du einmal im Jahr aus La Barranca mitbringst, können wir nicht leben. Wir *müssen* unsere Bohnen, unseren Mais gegen den Wald verteidigen. Uns bleibt nicht mal Zeit zu lachen.

Dort am Fluß aber sind sie heiter. Gewiß, sie haben auch zu arbeiten, aber sie lassen sich die Arbeit nicht über den Kopf wachsen. Während sie den Maismörser schwingen, singen sie, und mitten in der Arbeit lassen sie alles stehen und liegen und laufen ins Wasser, planschen darin und bespritzen sich, und wenn sie Lust haben, legen sie sich für eine

Weile in die Hängematten und wiegen sich und plaudern miteinander. War für ein Leben!«
»Hast du einen von ihnen hierhergebracht?« fragte Ramon zornig.
»Nein. Ich hab nicht vergessen, daß du das nicht willst.«
»Aber sie werden dir nachgeschnüffelt haben. Sie werden den Pfad entdeckt haben, der vom Fluß herüberkommt!«
»Glaubst du etwa, sie haben nicht auch *dich* gesehen? Genausogut können sie hinter dir herschnüffeln. Eines Tages kommen sie so oder so, das kannst du nicht verhindern. Ich freu mich auf sie!«
»Das Tor bleibt zu«, sagte er finster.
»Aber bevor du es vor ihnen zuriegelst«, antwortete sie mit zurückgeworfenem Nacken, »gehe ich zu ihnen hinaus.«

In den nächsten Tagen begegneten sie sich schweigsam. Weder er noch sie sprachen über ihren Ausflug an den Fluß. Aber er merkte, wie sehr sie sich verändert hatte. Sie kämmte und schmückte sich wieder, steckte Blumen um das Jesusbild, flocht blühende Ranken in das Wandgeflecht der Hütte und summte vor sich hin.
Er aber zog stumm seine Kreise, arbeitete wütend, daß die Ranken nur so flogen und die Erde hochwirbelte. Jedesmal wenn Olinda auf das Tor zuging, blickte er auf, und wenn sie hinausging, wartete er, ob sie zurückkam.
Aber nach ein paar Wochen war sie immer noch da. Er verlernte es, ihr nachzusehen. Er mußte sich beeilen, um dem Unkraut nachzukommen. Einen Korb voll Unkraut nach dem andern warf er in den Pferch, während sie trällernd die Ziegen molk und über dem Herd summte.
»Sing doch auch mal«, sagte sie zu ihm. »Oder pfeif wenigstens. Die in den Hütten trällern und pfeifen den ganzen Tag. Kannst du das überhaupt noch?«

Eines Tages sank ein Teil des Zaunes um. Die Pfosten waren verfault. Ramon Acosta war wie vor den Kopf geschlagen.
»Warum machst du deinen Garten nicht kleiner?« fragte Olinda. »Er ist doch viel zu groß für dich. Du merkst es ja selbst. Du machst dich kaputt. Eines Tages wirst du tot umfallen. Die Hälfte des Gartens würde uns auch genügen.«
»Nicht in mageren Jahren.«
»Nach schlechten Ernten kannst du ja mehr auf die Jagd gehen. Leguane schwänzeln immer im Wald herum.«
»Die Hälfte des Gartens würde wirklich zum Gefängnis. Ich will mich bewegen können, verstehst du?«
»Du mit deiner verdammten Freiheit!« schrie Olinda. »Mach sie doch etwas kleiner, bevor sie dich umbringt! Das ist ja kein Leben mehr, immer rundherum und nie ein Ende! Ich bin ganz schwindlig geworden von diesem Leben. Mach sie so klein, die Freiheit, daß sie zu dir paßt!«
»Du vergißt dich selbst dabei. Du bist ja auch noch da. Der Garten muß groß genug sein für uns beide.«
»Du hast ihn so groß gemacht, *bevor* du mich geholt hast!«
»Aber jetzt hab ich mehr Beete darin als am Anfang.«
»Wenn das so ist«, sagte sie und warf den Kopf in den Nacken, »dann geh ich. Wenn ich fort bin, hindert dich nichts mehr daran, den Zaun enger zu ziehen.«
»Wir haben uns doch aneinander gewöhnt«, sagte er.
»Wir? Seit wann gibt es für dich ein Wir? Du hast mich immer auf Abstand gehalten. Der einzige, der zu mir ›meine liebe Olinda‹ gesagt hat, das ist der Papagei gewesen, und der ist fort. Geschlafen hast du mit mir, jawohl, gebetet aber nie. Du hast nicht nur um den Garten, du hast um dich selbst einen Zaun gezogen. Und hinter diesen Zaun hast du mich nie gelassen.«
»Olinda –«, sagte er.
»Jetzt geh ich.«

»Sei doch vernünftig«, rief er. »Wo willst du denn hin? Du kommst in Schwierigkeiten, wenn du in La Barranca bist.«

»Ich geh zu den Leuten am Fluß.«

Er packte sie an dgn Armen und schüttelte sie. »Glaubst du denn, daß die sich auf die Dauer was aus dir machen? Du bist nicht ihresgleichen.«

»Ich sehe genauso aus wie sie«, sagte sie. »Nur daß ich nicht im Wald aufgewachsen bin, sondern in einem Dorf am Rio Lágrimas, und deshalb andere Kleider trage und mein Haar anders kämme. Ich werde ihre Sprache und ihre Lieder und ihre Tänze lernen. Ich werde ihnen beibringen, was ich kann, und sie werden mir zu essen geben. Das genügt mir. Der eine ist ganz verrückt nach mir, trotz meiner Zahnlücke. Er hat zu mir gesprochen. Ich hab nicht verstanden, was er gesagt hat, aber ich hab begriffen, daß es zärtlich war. Wen ich lieb hab, dem geb ich mich ganz. Du hast dich gegen mich abgegrenzt. Deshalb will ich *ihm* gehören! Du kannst jetzt ungestört in deinem Garten weiterleben, hinter deinem Zaun, ohne Gott, wenn du das aushältst – allein in deiner Freiheit, und kannst meinetwegen darin krepieren. Weißt du, was du bist? Ein Unmensch!«

In aller Eile packte sie vor ihm ihre Sachen zusammen. Sie riß das Jesusbild von der Wand, knüpfte ihre Hängematte von den Pfosten und wickelte das Silberzeug in ein Handtuch. Sie stopfte ihre Wäsche in den alten Sack, kramte Nähzeug, Schminktiegelchen, Geld und Spangen aus dem Wandbord, teilte die Seife: Ein Stück ließ sie da, eins packte sie ein. Das violette Rüschenkleid und ihre schon brüchig gewordenen goldenen Stöckelschuhe rührte sie nicht an. Sie schlüpfte in die aufgeplatzten Gummistiefel. Dann rief sie den Hund, der sogleich aus dem Schatten des jungen Tamaibabaums herbeigefegt kam, an ihr hochsprang und aufgeregt bellte.

»Leb wohl«, murmelte sie mit einem flüchtigen Blick zu Ramon Acosta hinüber, der im Innern der Hütte stehenblieb. »Hab Dank dafür, daß du mir einmal unaufgefordert eine Dose Kaffee aus La Barranca mitgebracht hast. Dafür hätte ich dich umarmen und küssen mögen. Aber das hab ich nicht gewagt, wegen deinem Tick. Und hab Dank für den Hund. Es ist dir damals schwergefallen, mir diesen Wunsch zu erfüllen.«

Sie warf sich den Sack auf den Rücken und verließ die Hütte.

»Du mußt Proviant mitnehmen«, sagte er.

Sie nahm ein Stück Trockenfleisch, das unter dem Dach hing, vom Haken und warf es in den Sack. Dann schritt sie auf das Tor zu. Er sah durch das Wandgeflecht, wie sie davonging. Er sah, wie der Spitz, der ihr folgte, plötzlich zögerte, sich umwandte, zu ihm herschaute, zu jaulen begann. In großen Sprüngen kehrte er zur Hütte zurück, hüpfte winselnd an ihm hoch, schoß wieder hinaus bis zum Tor, sprang an Olinda empor, leckte ihr das Gesicht, kehrte um, blieb auf halbem Weg zwischen Tor und Hütte unschlüssig stehen, wandte den Kopf hin und her und heulte jämmerlich.

»José«, rief sie, schon außerhalb des Tors. »José, mein José!«

Da fegte er mit freudigem Gebell zum Tor hinaus. Nach und nach verhallte sein Gekläff im Wald.

Ramon Acosta schloß das Tor und begann den umgestürzten Zaun wieder aufzurichten.

Zehntes Kapitel

Fünf Monate später, kurz nach einem heftigen Gewitter, kam Olinda zurück. Ihr Haar war naß und hing ihr ins Gesicht. Ein Eckzahn fehlte, ihre Wangen waren eingefallen, Hose und Bluse zerrissen. Mit schmutzigem Fell trottete der Spitz hinter ihr her. Vor dem Tor zögerte sie.

Der Garten war noch genausogroß wie früher. Der umgebrochene Teil des Zauns stand wieder aufrecht. Olinda spähte durch das Geflecht. Es schien, als habe sich nichts verändert: die Rundhütte mit Hühnerstall und Ziegenpferch im Schatten der großen Bäume, der junge Tamaibabaum, das Buschwerk um den Tümpel, die strahlenförmig auseinanderlaufenden Pfade, Mais und Bohnen, die Kürbishügel, das Zwiebelbeet, das Yuccafeld und dahinter die hohen Halme des Zuckerrohrs.

Aber das Unkraut stand hoch. Durch den Zaun fingerten Ranken. Und der Tamaibabaum blühte rot.

Olinda entdeckte Ramon Acosta auf dem Dach der Hütte, vor der verholzten Schale des größten Kürbis, der jemals in diesem Garten gewachsen war. Sie kannte die Kürbisschale gut. Als sie den Kürbis geerntet hatten, war es ihr kaum gelungen, ihn mit beiden Armen zu umspannen. Sie hatten tagelang von seinem Fleisch gegessen. Seitdem hatte die Schale im leeren Hühnerstall gelegen.

Olinda lockte leise den Hund. Der rollte sich, naß und erschöpft, zu ihren Füßen zusammen und legte den Kopf auf die Pfoten.

Ihr war unverständlich, was Ramon Acosta mit dem Kürbis trieb. Er befestigte ihn an der Dachspitze. Der Kürbis trug ein schwarz eingebranntes Gesicht: große runde Augen, einen breiten, dicklippig lächelnden Mund, eine gerade Nase mit Flügeln, die wie Schneckenhäuser aussahen. Und über den Augen die Brauen schwer wie Balken.
Sie erschrak: Sie hörte Ramon Acosta sprechen. Zu wem sprach er? Sie spähte im Garten umher, zum Tümpel, zum Herd, sie starrte angestrengt auf die Hüttenwand. Aber sie konnte niemanden finden, weder Mann noch Frau.
Da begriff sie, daß er mit sich selber sprach. Er murmelte vor sich hin, er fragte, antwortete, setzte Pausen. Aber er sprach so leise, daß sie nichts verstand.
Langsam kletterte er über das Schilfgrasdach, über den Pferch auf den Boden herab. Dann trat er ein paar Schritte zurück und legte den Kopf in den Nacken. Er schaute zu dem großen gelben Gesicht hinauf und sprach und sprach –
Irgend etwas raschelte in der Nähe. José fuhr auf, sträubte sein Fell und bellte. Ramon Acosta drehte sich jäh um und starrte zum Tor. Sie nahm allen Mut zusammen, öffnete die Pforte und ging ihm entgegen. Der Hund schoß an ihr vorbei und schnellte jaulend an dem Mann hoch.
Der wehrte ihn mit einer zerfahrenen Handbewegung ab. Er starrte Olinda an, versuchte zu sprechen, aber es gelang ihm nicht.
»Kommst du zurück?« fragte er endlich.
»Kann ich bleiben?«
»Komm«, sagte er, »du wirst hungrig sein.«
Er nahm ihr den Sack ab und ging mit ihr zur Hütte. Er fragte nichts.
»Du hast dich verändert«, sagte sie. »Ich seh, daß du jetzt deine Hütte schmückst.«
Sie zeigte auf das Kürbisgesicht auf der Dachspitze. Er wich

aus. »Gib mir deine Hängematte«, sagte er. »Ich werde sie aufhängen. Du bist sicher müde.«
»Ich hab keine Hängematte mehr«, antwortete sie. »Ich hab mich daran gewöhnt, auf dem Boden zu schlafen.«
Während er am Herd hantierte, streckte sie sich erschöpft auf dem kühlen Erdwall aus. Auf dem Hüttenboden krochen Ranken, verzweigten sich, tasteten mit ihren Wurzeln den hartgestampften Lehm ab.
»Wirklich, du hast dich sehr verändert«, sagte sie. »Läßt du jetzt das Unkraut wachsen, wie es will?«
»Es ist mir nichts anderes übriggeblieben«, antwortete er vom Herd draußen. »Ich hab nicht alles allein schaffen können. Der Zaun hat mich ein paar Wochen gekostet. Als er fertig war, hat mir ein Gewitter das halbe Dach weggerissen. Dann wurde es Zeit für den Mais und die Bohnen. Und dazu noch kochen und Wäsche waschen. Jetzt ist alles zugewuchert, und ich komme mit dem Säubern nur sehr langsam vorwärts.«
»Ich dachte, du hättest dir inzwischen aus La Barranca eine andere Frau geholt –«
»Ich hab's versucht«, sagte er. »Erst vor ein paar Tagen bin ich zurückgekommen. Allein. Es hat keine mit mir kommen wollen. Und ich hab auch gesehen, daß die Hütten am Fluß leer sind. Als ich dort vorbeikam, hat sich nichts gerührt.«
»Sie waren schon leer, als ich von hier fortging«, sagte sie müde. »Ich kam hin, und niemand von den Waldleuten war mehr da. Ich weiß nicht, wohin sie gezogen sind. Und weil ich nicht zu dir zurück wollte und mich nicht nach La Barranca traute, bin ich in den leeren Hütten geblieben. Ich hab noch ein paar Yuccawurzeln und Zwiebeln gefunden und Maiskörner im Speicher. Als nichts mehr zu essen da war, hab ich mein Jesusbild aufgehängt und gebetet. Da

kamen fünf Männer den Fluß herauf, drei Weiße und zwei Indios, die auf Kaimanjagd waren. Sie haben die Ufer nach ihnen abgesucht, wegen dem Leder. Daraus macht man Handtaschen, haben sie mir erzählt. Ich hab mich gefreut, als sie in den leeren Hütten blieben. Aber gleich am ersten Tag ist mein Geld verschwunden. Mein Silber konnte ich noch vergraben. Ich mußte für sie kochen und waschen, mit ihnen schlafen, erst mit den Weißen, dann mit den Indios, immer reihum, und als sie weiterzogen, haben sie mich mitgenommen. Als sie dann aber zurück nach La Barranca wollten, bin ich nur bis zum Rio Lágrimas bei ihnen geblieben. Zum Schluß hat mir der eine Indio noch meine Hängematte abgenommen, weil seine eigene verbrannt war. Wozu brauchst du eine eigene Hängematte, du Schlampe, hat er gesagt, du schläfst ja doch immer in fremden. Da bin ich heimlich davongelaufen. Mit José hab ich die Hütten am Fluß gesucht. Dort hab ich nach dem Silber gewühlt, aber ich hab die Stelle nicht mehr gefunden. Dann bin ich hierher gewandert.«

»Und das Jesusbild?« fragte er.

»Das liegt im Fluß. Ich hab's in den Fluß geworfen.«

»Du hast dich also auch verändert«, sagte er, stellte einen Teller mit Yucca und Fleisch vor sie hin und legte ein Messer und eine Gabel daneben.

Sie warf sich über den Teller und aß gierig. Er blieb neben ihr stehen und sah zu. Einmal schaute sie auf und begegnete seinem Blick.

»Ja, schau nur«, sagte sie mit vollem Mund. »Ich bin ein Tier geworden.«

Wie sie angekommen war, zerlumpt und ungekämmt, übernahm sie ihre Arbeit. Sie sank zurück in den Trott der Gewohnheit, als sei sie nie fort gewesen. Freilich, einiges hatte sich verändert: Die Ziegen waren nicht mehr da. Als

Ramon Acosta nach La Barranca gegangen war, hatte er sie aus dem Pferch in den Garten getrieben, damit sie nicht verhungerten. Bei seiner Rückkehr hatte er nur noch ein paar Reste von ihnen gefunden. Ja, und ein paar Pfade liefen jetzt anders: Der Mais wuchs dort, wo früher Yucca gewesen war, und der riesige Kürbis zierte das Dach. Wirklich nur Unwesentliches, bis auf den grün überwucherten Zaun und die Beete, die im Unkraut erstickten.

Ramon Acosta war noch schweigsamer als früher. Schon vor Sonnenaufgang stand er auf, schob sich irgend etwas in den Mund, wusch sich im Tümpel und begann zu arbeiten. Er hieb und schnitt und grub bis zum Sonnenuntergang und unterbrach die Arbeit nur, wenn Olinda das Essen fertig hatte. Nach dem Abendessen wusch er sich, dann fiel er in seine Matte. Wenn es nötig war, sprach er Olinda an. Wenn sie ihn etwas fragte, antwortete er ihr. An manchen Tagen gab es keinerlei Anlaß, etwas zu sprechen oder zu fragen, und sie blieben stumm. Er war noch magerer als früher, und seine hellen, fast wässerigen Augen waren tief in die Höhlen zurückgesunken. Seine Haut ähnelte jetzt wirklich gegerbtem Leder. An Hals und Armen traten die Adern stark hervor. Sie hatte ihn nie gefragt, wie alt er war. Sie schätzte ihn auf dreißig, aber er sah aus wie ein Mann von vierzig. Oft bewegte er seine dünnen Lippen und murmelte Unverständliches vor sich hin.

Ihr fiel es schwer, so früh aufzustehen. Sie blieb gern noch eine Weile liegen, auch wenn sie schon wach war. Aber um diese Zeit schwang er schon längst sein Haumesser. So war er gewesen und so blieb er.

Nur eines begriff sie nicht: den Zierat auf der Dachspitze. Der paßte nicht zu ihm. Warum hatte er sich, während er in der Arbeit fast erstickte, die Zeit genommen, einen Kürbis mit einem Gesicht zu verzieren und damit das Hüttendach

zu schmücken? Und warum blieb er jeden Morgen vor der Hütte stehen, legte den Kopf in den Nacken und betrachtete den Kürbis eine Weile?
»Schön ist er«, sagte sie einmal, als er wieder hinaufstarrte. Er fuhr zusammen, »Schön? Was hat er mit Schönheit zu tun?«

Ein paar Wochen später zog sich ein ungeheures Gewitter über dem Wald zusammen. Sturm wirbelte Staub hoch und fuhr in das trockene Unkraut, das neben dem leeren Pferch aufgetürmt lag. Ramon Acosta eilte auf die Hütte zu, in die Olinda sich schon geflüchtet hatte und sich in Erwartung des nächsten Donnerschlags die Ohren zuhielt.
In diesem Augenblick begann der Wald zu ächzen, und sein Umriß unter dem grauschwarzen Himmel geriet in Bewegung. Ein mächtiger Baum am Rand der Lichtung schwankte, drehte sich halb um sich selbst und stürzte mit einem Rauschen, das wie ein Seufzer klang, in den Garten hinein. Er zermalmte den Zaun und begrub das ganze Maisfeld unter sich. Aus der Baumkrone erob sich lärmend ein Schwarm Vögel und umkreiste sie mit aufgeregtem Flügelschlag.
Ramon Acosta, der beiseite gesprungen und gestolpert war, erhob sich benommen. Olinda sah ihn durch das Geflecht der Wand. Sein Gesicht, das ihr immer näherkam, war von Wut und Verzweiflung verzerrt. Er rannte, er hastete auf die Hütte zu, den Blick in die Höhe gerichtet, und dann ballte er die Faust, schüttelte sie drohend gegen das Dach und brüllte: »Warum hast du das zugelassen? Warum hast du mich nicht geschützt?«
Er ließ sich auf die Knie fallen, stieß mit dem Kopf gegen die Erde und heulte wie ein Tier.
Olinda stand in der Hütte und starrte ihn an. Sie sah, wie der

Hund aus der Hütte schoß und den Knienden winselnd umkreiste. Jetzt begriff sie. Aus dem Schrecken heraus begann sie so zu lachen, daß sie vor sich selber erschrak: »Hast du's doch nicht ausgehalten, so allein? Einen Gott hast du dir erschaffen? Wo hast du deinen Stolz gelassen, he?«

Sie lief hinaus zu ihm und kauerte sich neben ihn.

»Ramon«, schluchzte sie, »hör auf mit dem Geheul. Versuch zu weinen, ich bitte dich, versuch wie ein Mensch zu weinen –«

Da schlug er nach ihr.

Es begann zu regnen. Gleich nach den ersten schweren Tropfen goß es in Strömen. Der Spitz zog sich unter das vorspringende Dach zurück. Olinda versuchte den Mann in die Hütte zu zerren. Aber er wehrte sich. Er blieb mit gekrümmtem Rücken auf den Knien im Regen liegen, bei Blitz und Donner, während Olinda neben dem Hund unter dem Vordach kauerte. Erst in der Nacht, als der gestürzte Baum in der Dunkelheit verschwamm, erhob er sich, torkelte in die Hütte und warf sich auf den Erdwall. Dort blieb er bis zum Morgen liegen. Am nächsten Tag fieberte er.

Olinda versorgte ihn. Sie zerrte ihn in die Hängematte. Neun Tage lang war er nur halb bei Bewußtsein. Er warf sich hin und her, bäumte sich auf und haderte mit seinem Gott. Er forderte Unmögliches: daß er den Baum aus dem Garten entferne. Er trank aus dem Becher, den Olinda ihm an den Mund hielt, er ließ sich den Löffel zwischen die Zähne schieben. Zuweilen starrte er Olinda an und schien sie doch nicht zu erkennen. Der Hund sprang zu ihm in die Hängematte und rollte sich auf seinen Füßen zusammen. Wenn der Mann stöhnte, leckte er ihm das Gesicht.

Dem Baum im Garten schenkte Olinda kaum einen Blick. Einmal sah sie ein katzenähnliches Tier über den mächtigen

Stamm schleichen, von den Wurzeln zur Krone hin. Es verschwand zwischen dem Geäst.
Am zehnten Tag wurde Ramon Acosta ruhig, und zum ersten Mal seit dem Sturz des Baumes sprach er sie an: »Liegt der Baum noch im Garten?«
»Ja«, antwortete sie.
Er versuchte aufzustehen, aber seine Beine hielten ihn nicht. Er sank wieder zurück. Sie umsorgte ihn schweigend noch eine Woche lang. Ungeduld trieb ihn und ließ ihn nicht schlafen.
»Ich muß ihn in Stücke zerhacken«, hörte sie ihn in der Nacht keuchen.
»Dazu ist er viel zu mächtig«, antwortete sie. »Ich war einmal am Stamm. Er ist so dick, wie ich groß bin. Den schaffst du nie.«
»Aber er liegt in meinem Garten«, ächzte er. »Er muß weg! Ich kann ihn nicht in meinem Garten ertragen. Er gehört da nicht hinein, verstehst du das nicht? Und wie kann ich den Zaun wieder aufrichten, wenn der Baum da liegenbleibt?«
»Mach doch deinen Garten um die Breite des Baumes kleiner«, sagte Olinda.
»Nie«, sagte er. »Nie. Alles oder nichts.«
Sie hörte ihn stöhnen. Er warf sich in der Matte hin und her. Als der Morgen dämmerte, stand er auf, nahm sein Haumesser und fing an, mit ihm auf den gestürzten Baum einzuschlagen. Dort, wo der Zaun gestanden hatte, schälte er die Lianen vom Stamm und hieb dann wütend ins Holz, daß die Späne flogen. Aber er hatte nicht viel Kraft. Immer wieder mußte er sich ausruhen.
Als er sich um die Mittagszeit keuchend gegen den Stamm lehnte, ging Olinda zu ihm hinaus und kauerte sich neben ihn.

»Du bist wahnsinnig«, sagte sie. »Und wenn du's noch nicht sein solltest, wo wirst du's sicher werden, wenn du so weitermachst.«
Sie legte ihre Hand auf sein Knie.
»Laß mich!« sagte er feindselig. »Nimm deine Hand da fort.«
»Um den Baum wegzukriegen«, sagte sie sanft, »brauchst du Jahre. Schau dir doch diese Krone an: jeder Ast so dick wie ein kleiner Stamm. Und den Stamm selbst müßtest du in schmale Scheiben schneiden, um dieses Gewicht von der Stelle zu bringen. Inzwischen würde der Garten zuwachsen, und dir würde keine Zeit bleiben für Saat und Ernte und Jagd. Du hast kein Maß mehr. Du hast vergessen, wie winzig du bist gegen den Wald, samt deinem Kürbisgott.«
Er sah sie nicht an. Er starrte zu Boden. »Laß mich«, murmelte er.
Da merkte sie, daß er weinte.
Mit einem Aufschrei stürzte sie sich über ihn, packte ihn bei den Schultern und rüttelte ihn. »Du weinst ja, Ramon! Ich hab dich noch nie weinen sehen. Solange du weinen kannst, bist du noch nicht aus Stein. Laß uns fliehen, Ramon, bevor es zu spät ist. Laß uns von hier weggehen, noch heute, jetzt sofort – irgendwohin, wo sie uns nicht kennen, in die Hauptstadt oder in ein kleines Nest den Rio Lágrimas flußaufwärts, oder fort über die Grenze. Ein anderes Leben anfangen, ein ganz normales Leben, wie es alle leben, mitten zwischen allen. Laß uns so leben, daß wir einander liebhaben können, Ramon!«
Sie schlang ihre Arme um seinen Hals und küßte ihn auf die Stirn, die Augen, die Wangen. Sie preßte ihn an sich und schluchzte.
»Komm!« rief sie außer sich und versuchte ihn hochzuzerren. »Schau dich nicht mehr um, es ist alles nicht mehr

wichtig. Noch heute abend können wir am Fluß sein. Dann sind wir frei von diesem Elend hier.«
Aufgeregt kläffte der Spitz, ratlos hüpfte er hin und her, nicht begreifend, was zwischen den beiden geschah, wer wen bedrängte. Aber Ramon Acosta warf seinen Kopf zurück, löste Olindas Arme von seinem Hals, schob sie von sich weg, befreite sich von ihr.
»Laß mich«, sagte er heiser. »Ich geh nicht zurück, nie wieder. Tu, was du willst: Geh oder bleib. Aber dräng mich nicht, dieses Leben hier wieder aufzugeben, meinen Garten, meine Freiheit. Ich hab sieben Jahre dafür bezahlt.«
Olinda ließ die Hände fallen, erhob sich, strich die Erdklumpen von ihren Knien. Sie kehrte zur Hütte zurück, holte ein paar Maisfladen aus der Vorratshöhle und warf sie achtlos in ihren alten Sack, zusammen mit den wenigen Habseligkeiten, die ihr noch geblieben waren. Dann nahm sie das Gewehr vom Nagel, rief den Spitz und legte an. Als er schwanzwedelnd in der Tür erschien, schoß sie auf ihn. Er brach sofort zusammen, jaulte noch einmal leise auf und versuchte, zu ihr hinzukriechen. Aber sie hatte gut gezielt. Den weiten Weg von der Schwelle bis zu ihren Füßen schaffte er nicht mehr. Er ließ den Kopf auf die Pfoten sinken, fiel auf die Seite und starb.
Sie hängte das Gewehr wieder an den Nagel, griff nach dem Sack und ging zum Tor hinaus.

Sie brauchte fünf Tage bis nach La Barranca. Dort kam sie barfuß an. Sie fragte sich durch die neuen Armenviertel, die Wellblechhütten, die Slums, bis sie auf die Straße stieß, in der das Haus der Araña stand. Sie hatte Mühe, die Umgebung des Bordells und das Haus mit dem neuen Anbau wiederzuerkennen.
Die Araña öffnete ihr selbst. Sie starrte in Olindas Gesicht,

das von Zweigen zerkratzt und von Mücken zerstochen war – ein Gesicht, das sie nicht kannte.
»Ich bin Olinda. Mach mit mir, was du willst.«
»Ich könnte dich einsperren lassen«, schnarrte die Araña. »Aber das brächte mir nichts von dem zurück, was du mir gestohlen hast. Ich werde dich als Dienstmädchen anstellen. Zu was anderem taugst du nicht mehr, so, wie du aussiehst. Und natürlich wirst du nur für Kost und Bett arbeiten. Den Lohn für dein ganzes Leben hast du dir ja schon im voraus genommen.«

Elftes Kapitel

Ramon Acosta begrub den Hund, dann machte er sich wieder über den Baum her. Er brauchte zwei Monate, um den Stamm zu durchtrennen. Ein weiterer Monat verging, bis der Zaun wieder stand – dort, wo der Baum ihn unter sich begraben hatte. Er führte genau durch den Spalt im Stamm, so daß eine Hälfte des Stammes innerhalb, die andere außerhalb des Gartens lag. Inzwischen war das Laub des Baumes verdorrt. Die Vogelschwärme kreisten nicht mehr über der Krone wie an all den Tagen, an denen Ramon Acosta mit seinem Haumesser den Spalt verbreitert und vertieft hatte. Nur noch die Eidechsen und Leguane tummelten sich auf dem Stamm, hüben und drüben.

Während dieser drei Monate hatte sich der Garten in eine Wildnis verwandelt. Aber Ramon Acosta ließ das Unkraut wachsen. Er nahm Gewehr, Ledersack und Haumesser und machte sich auf den Weg nach La Barranca, ohne Liebessamen, Leguaneier und verzierte Kalabassen. Diesmal stahl er nur. Er stahl, wo er konnte: bei seiner Frau, auf dem Markt, in Geschäften. Er stahl sich vor allem Proviant zusammen, denn auf die nächste Ernte aus seinem Garten konnte er nicht viel Hoffnung setzen. Aber am wichtigsten war ihm die Säge – eine gute Einmannsäge mit handlichem Griff. Um sie zu bekommen, schlug er einen alten Verkäufer zusammen, der ihm in der Siestazeit, als der Laden leer war, einige Sägen zur Auswahl vorgelegt hatte. Ramon Acosta nahm gleich zwei Sägen mit, denn mit einer Säge

war der Baum nicht zu bewältigen. Er würde vielleicht sogar beide Sägen verschleißen an den vielen Ästen.
Die Polizei suchte Hafen und Fluß nach dem Gewalttäter ab. Auf den Gedanken, er könnte in die entgegengesetzte Richtung geflohen sein, kam niemand. Mit Bart und langem Haar kehrte Ramon Acosta nach MI LIBERTAD zurück und sägte zwei Monate lang, bis er Ast für Ast stückweise vom Stamm getrennt und zum Tor hinausgeschleift hatte. Vor dem Zaun schichtete er sie auf. Nur Zweige und dünne Äste hackte er mit dem Haumesser klein und häufte sie neben dem Herd.
Den Teil des Stammes, der innerhalb des Zaunes lag, konnte er nicht zerkleinern und fortschaffen. Dazu hätte er Jahre gebraucht. Aber er konnte ihn doch verschwinden lassen: Er unterhöhlte ihn. Von beiden Seiten wühlte er die Erde unter ihm heraus, bis der Stamm um die Hälfte seines Durchmessers in den Boden einsank. Mit der seitlich angehäuften Erde schaufelte er den Stamm zu. So entstand ein langgestreckter Hügel, auf dem Ramon Acosta Kürbisse pflanzte.
Ein halbes Jahr hatte ihn dieser verdammte Baum gekostet. Aber nun war er endlich verschwunden, der Zaun hatte sich wieder geschlossen, es war alles wieder gut. Ramon Acosta versöhnte sich mit seinem Gott, der nach wie vor von der Dachspitze herabblickte, und ging daran, die Beete zu säubern. Aber nun, da schon mannshohes Gestrüpp auf die Hütte zuwucherte, mußte er begreifen, daß er wieder von vorn anzufangen hatte: Ihm blieb nichts anderes übrig, als den ganzen Garten abzumähen.
Er kämmte sich nicht mehr, wusch sich kaum noch, blieb Tag und Nacht in seiner Hose, bis sie ihm in Fetzen abfiel. Er machte sich nur noch selten die Mühe, Maisfladen zuzubereiten und ging auch kaum mehr auf die Jagd. Nur

wenn er zufällig Leguaneier fand, gab es eine Abwechslung im Einerlei seiner Mahlzeiten, oder wenn es ihm gelang, während der Arbeit einen Leguan mit einem Steinwurf zu erlegen. Denn seit dem Sturz des Baumes hatten die Leguane vom Garten Besitz ergriffen, sie tummelten sich in den schattigen Bäumen, ja sogar auf dem Hüttendach. Sie kümmerten sich kaum um den Mann.
Um Zeit zu sparen, verzichtete Ramon Acosta mehr und mehr darauf, Feuer in seinem Herd zu entzünden. Das Fruchtfleisch der Kürbisse aß er roh, die Zwiebeln ebenfalls. Fast den ganzen Tag kaute er Zuckerrohrscheiben. Und wenn er Bohnen oder Yucca kochte, dann für eine ganze Woche. Er aß, um am Leben zu bleiben. Wie es schmeckte, war ihm gleichgültig geworden.
Er säte, pflanzte, erntete auf den neu angelegten Beeten und Feldern. Knapp die Hälfte des Gartens blieb Wildwuchs; mehrmals im Jahr mähte er dort Gras und Gestrüpp mit dem Haumesser ab. Dann flatterten die Vögel auf, die darin genistet hatten, huschten Eidechsen um seine Füße, sprangen Schwärme von Grashüpfern in hohem Bogen über den Zaun, retteten sich Schlangen in das Halbdunkel des Maisfeldes. Während er arbeitete, sprach er. Er sprach laut. Er wandte sich an den Kürbisgott auf dem Dach. Ihn beschwor er, mit ihm stritt er, ihn rief er um Beistand an. Sein ganzes Dasein drehte sich jetzt um das grinsende Kürbisgesicht, das ihn gegen die Einsamkeit schützte und ihm Hoffnung und Stärke einflößte.
Zehn Jahre lebte er so und hielt sich für einen freien Mann. Er kehrte die Hütte nicht mehr, er hielt den Erdwall, in dessen Höhlen es von Ungeziefer wimmelte, nicht mehr sauber. Im Dachstuhl nisteten sich Spinnen und Fledermäuse ein. Der Tümpel bedeckte sich mit Algen. Ramon Acosta taumelte in den Garten, wenn es hell wurde, und fiel

mit der Nacht in die Hängematte. Und in immer größeren Abständen wanderte er nach La Barranca.
Während dieser zehn Jahre verwandelte sich die Welt. Sie verwandelte sich schnell. Neue Siedler, Indios und Mestizen, kamen den kleinen, flachen, namenlosen Fluß herauf, fanden die leeren Hütten, ließen sich darin nieder, zogen Freunde und Verwandte nach. Es entstand ein Dorf, das seine Bewohner flußaufwärts ausschwärmen ließ und weitere Hütten an den Ufern verstreute. Es nannte sich Maria Soledad und hatte bald einen kleinen Laden, dessen Besitzer, ein Türke, ein Boot mit Außenbordmotor besaß. Er kaufte Tierhäute, hauptsächlich von Schlangen und Kaimanen, und verkaufte sie an den Großhändler in La Barranca, der sie mit erheblichem Gewinn in der Hauptstadt absetzte und damit in wenigen Jahren reich wurde.
Das Leben entlang den Ufern des großen Rio Lágrimas und seiner Nebenflüsse wandelte sich. Aus einzelnen Pfahlhütten wurden Dörfer, aus Dörfern Städtchen, und La Barranca, noch vor ein paar Jahren ein verschlafenes Nest, wuchs schnell zu einer ansehnlichen Stadt. Zu der Zuckerfabrik, der Papierfabrik und der Maismühle gesellten sich andere Industrien: eine Schuhfabrik, ein Sägewerk, eine Molkerei und eine Bootswerft. Quer durch die Stadt war eine Schneise geschlagen worden, eine breite Avenida mit zwei Fahrbahnen, von Palmen gesäumt, die allerdings noch nicht aus ihren Maschendrahtzäunen herausgewachsen waren. Die Avenida endete am Fluß auf einer großzügig angelegten Hafenterrasse, von der aus man Leben und Treiben auf dem Rio Lágrimas beobachten konnte; auf der anderen Seite verlor sie sich zwischen Zuckerfabrik und Maismühle, dort, wo die neuen Wellblechviertel begannen. Läden, Büros, Bankfilialen säumten die Prachtstraße. Sogar ein mehrstöckiges Kaufhaus erhob sich im Zentrum.

Die bunten Busse in den Straßen hatten sich vermehrt. Die Finca Belmonte war keine Finca mehr, sie hatte sich in eine Hühnerfarm verwandelt; ihr überschüssiges Land war Baugelände geworden. Den Markt überdeckte eine Halle. Ruder- und Motorboote aus den Dörfern am Oberlauf und an den Nebenflüssen versorgten den Markt mit Fischen, Käse, Bohnen, Yucca, Kürbissen, Melonen und Mangofrüchten, dazu mit Haustieren jeder Art. Und täglich strömten mehr Menschen in der Stadt zusammen, bestaunten die Avenida und die hohen Gebäude um die Plaza Bolivar, starrten in die Schaufenster, die sich schon fast mit denen in der Hauptstadt messen konnten. Manche der Dorfbewohner blieben in La Barranca, kehrten nicht mehr an die Flußufer zurück. Die Armenviertel schwollen an. Es gab nicht genug Schulen für die unzähligen Kinder, die am Stadtrand aufwuchsen, nicht genug Arbeitsplätze für die jungen Leute. Viele wurden zu Dieben, Hehlern, Räubern, Aufwieglern. Die Polizei mußte verstärkt werden. Mitten in La Barranca entstand eine große Polizeikaserne neben dem mehrstöckigen Gefängnis, das mit seiner senfgelben Farbe und seinen Zinnen das Stadtbild bestimmte und vom Fluß aus schon weithin sichtbar war.
Auch auf Landkarten kleineren Maßstabes erschien jetzt der Name der Stadt, und man konnte sie viel bequemer als früher von der Hauptstadt aus erreichen: Statt des alten Raddampfers mit dem bemoosten Heckrad befuhren zwei Passagierschiffe, dieselbetrieben, im Wochenturnus den Rio Lágrimas und boten jeweils zweihundert Fahrgästen Platz. Und zweimal in der Woche landete ein altes Propellerflugzeug auf einer improvisierten Piste, die einmal Koppel der Finca Belmonte gewesen war. Noch fehlten die Mittel, aber schon sprach man von einem richtigen kleinen Flugplatz mit Halle und betoniertem Rollfeld.

Ramon Acosta erkannte nur nach und nach, wie sehr sich alles veränderte, denn in das Zentrum von La Barranca wagte er sich nur noch bei Nacht, seitdem er den Ladengehilfen niedergeschlagen hatte. Tagsüber verbarg er sich am Waldrand. Aber der entfernte sich immer mehr vom Stadtkern. Neue Viertel fraßen sich in ihn hinein, zerfransten ihn. Jeder Stadtbesuch wurde für Ramon Acosta beschwerlicher. Er ging immer seltener in die Stadt, nur noch wenn die Not ihn dazu zwang: Wenn er ein neues Haumesser brauchte oder Patronen für sein Gewehr oder Benzin für das Feuerzeug, vielleicht auch Hosen und Stiefel.
Dann schlich er nachts verwirrt durch die Straßen, die er kaum mehr erkannte, geblendet von der Lichtreklame, betäubt von der lauten Musik aus Kneipen und Kinos: ein zerlumpter, bärtiger Mann unbestimmten Alters mit Haumesser und Sack, dem man auswich. Daß man ihn längst nicht mehr suchte, weil es Wichtigeres zu tun gab, ahnte er nicht. Er fühlte sich zweifach gefährdet, denn er besaß ja keinen Ausweis. Um jeden Preis wollte er eine Begegnung mit der Polizei vermeiden.
Das stetig wachsende Dorf Maria Soledad hatte den Wald zurückgedrängt, hatte sich ausgebreitet, hatte dem Fluß seine Wasserpflanzenhaut genommen. Als Ramon Acosta merkte, daß es einen Laden besaß, in dem man alles kaufen und mit Tierhäuten bezahlen konnte, versorgte er sich dort. Stehlen konnte er hier nicht, aber für den kürzeren Weg lohnte es sich, ein paar große Würgeschlangen oder ein Ozelot zu erlegen. Mit Leguaneiern und Liebessamen war hier nichts zu machen. Die brachten die Dörfler selber zum Markt in La Barranca.
Den Laden fand Ramon Acosta gut, dem Dorf und seinen Bewohnern traute er nicht. Sie machten ihn unruhig. In seinen Träumen sah er sie ihm nachspionieren, den Pfad

entdecken, der vom Flußufer durch den Wald nach MI LIBERTAD führte, in den Garten eindringen, um ihn zu bedrängen und zu belästigen. Zwar antwortete er auf die Frage des Ladenbesitzers, wo er sich niedergelassen habe, sehr vage, und für das Geschwätz einer neugierigen Frau hatte er nur ein stummes Schulterzucken. Aber eines Tages hörte er in MI LIBERTAD Rufe vom Tor her, und als er es nicht öffnete, sondern sein Gewehr aus der Hütte holte, erschien der Kopf eines jungen Mannes über dem Zaun. Er grinste, als er Ramon Acosta mit dem Gewehr sah.

»Du wirst doch nicht schießen?« sagte er. »Du würdest dir nur Scherereien einhandeln. Wir sind zu dritt. Die beiden anderen halten mich hoch, damit ich über deinen großartigen Zaun schauen kann. Wir tun dir ja nichts. Wir sind nur neugierig.«

»Hier gibt es nichts zu sehen«, knurrte Ramon Acosta.

»Wir dachten schon, wir seien auf Wilde gestoßen, auf ein Dorf mit Waldindios. Daß wir hier einen ganz gewöhnlichen Christenmenschen treffen würden, wäre uns nicht in den Sinn gekommen. Los, mach schon auf, Mann!«

»Haut ab«, sagte Ramon Acosta. »Haut sofort ab!«

»Schön hast du's hier«, sagte der Bursche. »Bist du ganz allein hier? Auch in der Nacht? Ich hab eine Schwester, die ist Witwe und braucht einen neuen Mann. Ich werde sie dir herbringen.«

»Ich brauch keine Frau«, antwortete Ramon Acosta, »und schon gar nicht deine Schwester. Ich brauch auch niemanden, der mir sagt, daß es hier schön ist. Das weiß ich selber.«

Er hob das Gewehr. Der Kopf des Burschen verschwand. Ramon Acosta belauerte das Tor bis tief in die Nacht. Aber sie waren gegangen. Am nächsten Tag entfernte er die Aststücke, die noch an der Außenseite des Zaunes lagen.

Von nun an achtete er noch sorgfältiger darauf, daß das Tor geschlossen blieb. Und als er merkte, daß ab und zu doch Leute aus dem Dorf bis hierher kamen, besteckte er den Zaun in tagelanger Arbeit ringsherum mit Dornenzweigen. Er wollte mit niemandem etwas zu tun haben, nicht mit Jägern und nicht mit Neugierigen.

Als er das nächstemal ins Dorf kam, warfen die Kinder mit Steinen nach ihm.
»Warum hältst du dir Besucher vom Leib?« fragte ihn der Türke. »Sie wollen dir doch nichts Böses tun.«
»Ich will meine Freiheit behalten«, antwortete Ramon Acosta finster. »Sie hat mich genug gekostet.«
»Freiheit – was ist das?« fragte der Türke und zwirbelte nachdenklich seinen Schnurrbart. »Wovon willst du frei sein und wozu?«
»Ich will mich zu nichts zwingen lassen«, antwortete Ramon Acosta, »weder auf die sanfte noch auf die gewaltsame Art. Ich will leben, wie *ich* will, ohne Grenze, ohne Gitter –«
»Und doch lebst du hinter einem Zaun, wie ich mir habe erzählen lassen«, sagte der Ladenbesitzer. »Wohin du dich auch drehst, hast du den Zaun vor der Nase. Wie ein Tiger im Käfig.«
»Dieser Zaun ist ja nicht gegen mich gerichtet«, antwortete Ramon Acosta unwillig, »er gilt nicht mir, sondern den anderen. Die Freiheit ist auf *meiner* Seite.«
Der Türke brach in ein dröhnendes Gelächter aus.
»So einen guten Witz«, ächzte er, »hab ich schon lange nicht mehr gehört.«
Ramon Acosta starrte ihn finster an. Er verstand nicht, was dabei ein Witz sein sollte. Aber er entschloß sich, statt einer neuen Hose mehr Patronen zu kaufen.

Ein Jahr später standen auch schon dort zwei Uferhütten, wo der Pfad nach Mi Libertad den Fluß verließ. Drei halbnackte Kinder starrten Ramon Acosta mit offenem Mund an.

»Bist du der von da draußen?« rief ihm eine junge Frau mit einem freundlichen runden Gesicht zu. »Dann wirst du müde sein nach einem so langen Marsch. Komm herein in den Schatten, ich hab gerade eine Suppe auf dem Herd stehen.«

»Behalt deine Suppe«, sagte er. »Ich hab selber genug zu essen mit.«

Die junge Frau sah ihm kopfschüttelnd nach. »Ein Verrückter«, sagte sie zu den Kindern.

Als er wieder ins Dorf kam, warfen die Kinder nicht mehr Steine nach ihm, sondern kicherten hinter ihm her.

»Ah«, sagte der Türke, »da bist du ja wieder. Ich bin einmal draußen gewesen vor deinem Zaun. Aber ich wollte dich nicht stören. Durch das Geflecht habe ich dich arbeiten sehen. Der Wald hat dich dort ja ganz gewaltig in der Zange. Du hättest wenigstens eine Schneise rund um den Zaun aushauen sollen, damit er dir deinen Garten nicht zuwuchert. Aber freilich, das ist zuviel für einen allein. Ich an deiner Stelle würde mir ein paar Knechte nehmen. Aber dazu braucht man Geld. Ich werde mir demnächst dort an deinem Pfad auch ein gutes Stück Land unter den Nagel reißen, denn jetzt kostet es noch nichts. In Zukunft wird es im Wert steigen, so nahe an der Distrikthauptstadt, auch wenn noch keine Straße da ist. Aber ich lasse mein Stück Land an den Fluß grenzen. Da habe ich bessere Möglichkeiten, meine Ware abzusetzen. Denn am Fluß entlang wird sich bald ein breiter Weg ziehen.«

»Woher willst du das wissen?« fuhr Ramon Acosta auf.

»Das ist der Lauf der Dinge«, antwortete der Türke gelas-

sen. »Du wirst es noch erleben, daß du dort draußen eingekreist wirst. Dann wirst du deine kleine Freiheit ganz schön verteidigen müssen.«
Ramon Acosta packte stumm seine Häute aus dem Sack.
»Ich hab mal von einem Mann im Hochland gehört«, sagte der Ladenbesitzer, während er die Häute sorgfältig prüfte, »der wollte sich nicht zum Militärdienst zwingen lassen. Du weißt, was das heißt. Als sie ihn holen wollten, hat er mit seinem Haumesser blind um sich geschlagen und einem Polizeisergeanten dabei den Kopf gespalten. Dann hat er sich einen Weg durch das Getümmel freigehauen und ist mit dem Haumesser geflüchtet, immer höher ins Gebirge hinauf, die Polizei ihm nach. Ein Priester hat ihm mit einem Sprachrohr vom gegenüberliegenden Hang aus zugerufen, er solle sich ergeben. Aber er hat ihn nur laut ausgelacht. Zuletzt haben sie seine Frau geholt. Die hat ihn über den Abgrund hinweg angefleht und angeheult, er solle doch zurückkommen. Er ist nicht gekommen. Er hat nicht einmal geantwortet. Da hat die Polizei den Gipfel umzingelt und seine Spuren gesucht. Bei dem mühsamen Aufstieg haben viele Polizisten nicht durchgehalten, sondern schlappgemacht. Ganz oben, wo die Luft schon dünn wird, haben sie ihn gefunden – zerschmettert. Es blieb unklar, ob er abgestürzt oder gesprungen ist.«
»Ich bin nicht gekommen, um mir Geschichten anzuhören«, knurrte Ramon Acosta. »Nenne mir den Preis. Ich möchte einkaufen und gehen.«
»Wie du willst«, sagte der Türke, taxierte die Häute und nannte eine Summe. Sie handelten eine Weile, wurden sich schließlich einig. Ramon Acosta wählte aus, was er brauchte.
»Was hast du an deinen Armen?« fragte der Ladenbesitzer. »Das sieht böse aus.«

»Furunkel«, sagte Ramon Acosta gleichgültig. »Sie eitern, weiter nichts.«
»Du solltest damit zu einem Arzt gehen, wirklich.«
»Ich kümmere mich nicht um sie.«
Der Türke geleitete ihn an die Tür. Als Ramon Acosta den Laden verließ, der auf Pfählen im Fluß stand, warteten die Kinder schon auf ihn und zogen ihm johlend nach, bis er durch den Fluß watete und am anderen Ufer verschwand.

Zwölftes Kapitel

Ramon Acosta schenkte dem Hubschrauber, der tief über dem Wald kreiste, keine sonderliche Beachtung. Er bekam auch nichts von der Kommission zu sehen, die in Khakibraun den Fluß entlang hinter haumesserbewaffneten Männern herzog, besichtigte und vermaß. Und er hörte nicht den Lärm der Bulldozer, die von La Barranca aus eine schnurgerade Schneise durch den Wald zum Fluß hinüber aufrissen und sich Tag und Tag tiefer in die grüne Mauer hineinfraßen: sägend, brechend, wühlend, vernichtend. Ein Baum nach dem anderen stürzte, riß andere mit sich, wurde beiseite geschoben. Vögel flatterten auf und strichen davon, Eidechsen, Schlangen, Leguane flüchteten über Äste und über die Schicht verfaulenden Laubes auf dem Waldboden, das größere Wild verzog sich vor dem Lärm tiefer in die Wildnis. Den Bulldozern folgten Dampfwalzen und Bagger und Lastwagen mit Sand und Schotter. Teerkessel dampften. Die neue Straße wurde asphaltiert. Und am Fluß entlang wurde schon die weitere Trasse abgesteckt. Hütten, gerade erst gebaut, mußten wieder abgerissen werden.

»Tja, Leute, die Regierung hat es so bestimmt«, sagte der Ingenieur, der, von Polizisten begleitet, die Vermessungsarbeiten leitete. »Es mag ja im einzelnen tragisch sein, aber was da gebaut wird, nutzt dem ganzen Land. Und der Wald ist ja so groß, und Flüsse gibt es eine Menge. Zieht eben woanders hin.«

Das Dorf Maria Soledad, das am anderen Ufer lag, konnte bleiben. Seine Bewohner verdoppelten sich innerhalb eines halben Jahres. Viele Arbeiterfrauen ließen sich für die Dauer der Bauarbeiten im Dorf nieder, in primitiven Hütten, die in aller Eile aufgestellt wurden und nur notdürftig vor dem Regen schützten. Für die Familien der Ingenieure und Bauleiter aber wurde am Dorfrand eine ganze Siedlung errichtet: saubere Holzhäuser auf Pfahlgerüsten mit rundumlaufenden Veranden und weit vorspringenden Dächern auf Säulen. Die Siedlung grenzte ein hoher Maschendrahtzaun gegen das Dorf ab. Die Damen aus dem Camp holten sich Dienstmädchen aus dem Ort.
Buchstäblich über Nacht entstanden Kirche, Schule, Bürgermeisteramt, ein Bordell, ein Kino, ein Friseurgeschäft, eine Postfiliale. Der türkische Ladenbesitzer stockte auf und nahm drei Gehilfen. Noch vier andere Läden wurden eröffnet – und all das, noch bevor die Teerdecke der neuen Straße den Fluß erreicht hatte. Vom Rio Lágrimas herauf keuchten flache Lastboote, zerrissen die Algen- und Wasserlilienteppiche und verscheuchten die Tiere vom Ufer. Maria Soledad war von heute auf morgen bekannt geworden wie ein Goldgräberdorf. Hier konnte einer noch sein Glück machen, hier winkte fetter Gewinn!
Als Ramon Acosta das nächstemal nach Maria Soledad kam, nach fast eineinhalb Jahren, fand er sich auch hier kaum mehr zurecht. Darauf war er nicht gefaßt gewesen. Wohl hatte ihm vor ein paar Monaten ein Mann, dem er bei einem Streifzug durch den Wald begegnet war, zugerufen: »Bist du der Einsiedler? Was sagst du zu der neuen Straße?«
»Zu welcher Straße?«
»Hört sich an, als ob du noch gar nichts davon weißt«, hatte der Mann gerufen. »Komm an den Fluß und sieh dir das mit eigenen Augen an.«

Dann war er verschwunden. Aber kurz danach hatte jemand über den Zaun geschaut – jener Bursche, der schon einmal dagewesen war – und hatte mit zu Trichtern geformten Händen in den Garten hineingebrüllt: »Jetzt geht dir's bald an den Kragen, du sturer Bock! Jetzt pusten sie bald deinen teuren Garten weg, und dich mit, wenn du ihnen dein Törchen zuhältst!«

Und nun stand Ramon am Fluß, wie immer mit Bart und langem Haar und mit seinem uralten, abgeschabten Ledersack, und verstand die Welt nicht mehr. War das, was er dort drüben sah, das kleine Dorf Maria Soledad? Überall bewegte sich etwas, die Landschaft selbst war in Bewegung geraten. Hügel wurden abgetragen, Senken aufgefüllt. Der Lärm betäubte ihn, während er den Fluß durchwatete. Vor dem Dorf wurden gerade mit riesigen mechanischen Hämmern hölzerne Stämme in den Flußgrund gerammt: Pfeiler für eine vorläufige Brücke. Im Dorf lief Ramon Acosta kein einziges Kind mehr nach, niemand starrte ihn an, niemand kümmerte sich um ihn. Die meisten Pfahlbauten waren verschwunden. Mit Mühe fand er den Platz, wo er den Laden wußte, aber er erkannte das jetzt zweistöckige Gebäude nicht. Zufällig sah ihn der Ladenbesitzer. Der trat an die Tür und winkte ihm zu.

»Komm nur herein. Du bist hier richtig. Nur bei dir steht das Leben still. Hier verändert sich alles. Aber ich bin nach wie vor an deinen Häuten interessiert.«

Verwirrt trat Ramon Acosta ein.

»Hier herein«, sagte der Türke und zeigte in ein kleines Hinterzimmer. Als Ramon Acosta zögerte, schob er ihn vor sich her.

»Schieb mich nicht«, knurrte Ramon Acosta.

»Noch immer so stolz? Ich dachte, diese Sache hat dich kleingekriegt.«

»Welche Sache?«
»Daß die Tage deines Gartens gezählt sind.«
Ramon Acosta starrte ihn an. »Was meinst du damit?«
»Du lieber Gott«, rief der Türke verblüfft, »sag bloß, du weißt nichts? Hat dir keiner gesagt, daß dort, wo du jetzt haust, ein riesiger Flugplatz hinkommt?«
»Ein Flugplatz?«
»Sogar zwei, ein Zivilflugplatz und ein Militärflugplatz, nebeneinander, mit mehreren Rollfeldern und allem Drum und Dran, und alles aufs modernste. Die Regierung hat eine unglaublich hohe Summe dafür bereitgestellt. Man kann sich nur wundern, wo so viel Geld herkommt. Es werden ausländische Kredite sein. Und zum Militärflugplatz werden gleich noch die nötigen Kasernen und Parkplätze und Wohnhäuser für die Offiziere und Unteroffiziere gebaut, von den Büros und Magazinen und Lagerhäusern gar nicht zu reden. Es kann einem schon schwindeln, wenn man sich das alles vorstellt. Der Zivilflugplatz soll noch großartiger werden, eine Musteranlage zum Vorzeigen für die Fremden. Er wird der größte im ganzen Land, außer dem in der Hauptstadt. Weil er so zentral liegt, heißt es. Er soll die Waldgebiete erschließen helfen, wird gesagt. Alle Flugzeuge der Welt werden hier landen! Und ich habe aus zuverlässigen Quellen erfahren, daß vor dem Eingang ein riesiges Denkmal des Präsidenten aufgestellt wird, auf seinen ausdrücklichen Wunsch hin, weil *er* sich das Ganze ausgedacht hat, zu seinem Ruhm. Da staunst du, was?«
Ramon Acosta sah durch ihn hindurch.
»Warum soll der Flugplatz ausgerechnet dorthin, wo mein Garten liegt?«
»Ebenes Gelände«, sagte der Türke mit erhobenem Zeigefinger, »dazu nicht weit von der Stadt und von wenigen Wasserläufen durchzogen. Geradezu ideal für so ein Vor-

haben. Der ganze Wald wird einfach zusammengewalzt, das Holz, soweit es etwas taugt, wird fortgeschafft, der Rest wird verbrannt. Insgesamt sechs Quadratkilometer werden planiert, gewalzt und asphaltiert.«

Er sah Ramon Acosta an. Aber der schwieg.

»Ich habe mir bereits ein Grundstück an der Zufahrtsstraße gesichert«, fuhr der Türke fort. »Dort, wo die Straße den Fluß verläßt. Siehst du, ich hatte den richtigen Riecher, denn schon bei deinem letzten Besuch habe ich dir doch erzählt, daß ich mit dieser Ecke liebäugle. Ja, man muß immer auf dem Sprung sein. Übrigens werden sie dir eine Entschädigung für den Garten zahlen. Sie zahlen nicht schlecht, wenn man bedenkt, daß das Land hier nichts wert ist. Du hast dir das Land für deinen Garten doch einfach genommen, nicht wahr? Hast keine Besitzurkunde, hast keinen Centavo dafür bezahlt? Also wirst du nur für die Arbeit entschädigt, die darin steckt. Immerhin. Früher gab es für sowas gar keine Entschädigung. Ich empfehle dir, auf die andere Flußseite zu ziehen, wenn du unbedingt wieder in den Wald willst. Aber es ist einfach unbegreiflich: Hier, entlang der neuen Straße und rund um den Flugplatz, bieten sich die schönsten Gelegenheiten an, und statt zuzugreifen, verkriechst du dich im Wald. Aber das ist deine Sache. Jedenfalls, auch wenn du auf der anderen Seite lebst, nehme ich deine Häute, denn die sind gut. Und gute Häute werden weiter im Preis steigen. Das sage ich dir im Vertrauen.«

»Ich werde nie auf der anderen Flußseite leben.«

»Wieso? Hast du dich entschlossen, das Waldleben aufzugeben? Dazu kann ich dir nur gratulieren. Was du da draußen getrieben hast, war ja schon nicht mehr normal.«

»Ich werde nicht aufgeben. Ich werde bleiben.«

»Wo?« fuhr der Türke auf. »Dort, wo du jetzt lebst? Aber das geht doch nicht. Wie stellst du dir das vor? Die können ihren Flugplatz doch nicht um deinen Garten herumbauen!«

»Das ist *mein* Garten, *mein* Land«, sagte Ramon Acosta fast feierlich, »durch *meine* Arbeit erworben. Sollen die mit ihrem verdammten Flugplatz hingehen, wohin sie wollen. Ich bleibe.«

»Für wen hältst du dich eigentlich?« fragte der Türke und tippte sich auf die Stirn. »Glaubst du vielleicht, die machen vor deinem Tor halt?«

»Ich werde auf jeden schießen, der meinen Garten gegen meinen Willen betritt.«

»Damit änderst du nichts. Gegen eine solche Macht kommst du nicht an. Sie walzen deinen Zaun zusammen und dich selbst auch, wenn du nicht im letzten Augenblick zur Seite springst. Sieh doch die Dinge mal endlich so, wie sie sind. Man muß sich im Leben arrangieren.«

»Wenn du mit *arrangieren* meinst, daß ich meinen Garten freiwillig hergeben soll, dann hast du umsonst geredet.«

»Dir ist nicht zu helfen«, seufzte der Türke. »Kommen wir zurück auf die Häute.«

Sie wurden handelseinig. Ramon Acosta wählte aus, was er mitnehmen wollte. Er entschied sich, die Hälfte seines Guthabens für Patronen auszugeben, obwohl er daheim noch einen Vorrat liegen hatte. Der Türke beobachtete ihn kopfschüttelnd, als er die Patronen auswählte.

»Du bist ein seltenes Stück«, sagte er. »Du bist nicht von dieser Welt.«

»Wann werden sie kommen?«

»Es wird kein Jahr mehr dauern, bis sie bei dir sind, denn sie fangen an verschiedenen Stellen an, die Trasse auszubauen. Es geht dem Präsidenten gar nicht schnell genug. Noch vor

Ablauf eines Jahres werde ich dich also wiedersehen, lebendig oder tot. Wir haben übrigens jetzt auch einen richtigen Friedhof hier, und falls du's noch nicht wissen solltest: Ich bin zum Bürgermeister gewählt worden. Ich werde mir's nicht nehmen lassen, hinter deinem Sarg herzugehen und ein paar passende Worte zu sprechen.«
»Ich will keinen Sarg«, knurrte Ramon Acosta.
»Der ist dir wohl zu eng, was?« rief der Türke und wieherte. »Also gut, dein letzter Wunsch soll mir heilig sein. Ich werde dich verscharren lassen. Der Pfarrer wird aber bei sowas nicht gern mitmachen, fürchte ich.«
»Ich brauche keinen Pfarrer.«
»Um so besser«, sagte der Türke heiter. »Damit wäre ja alles geklärt. Nun kannst du dich ruhig vor die Dampfwalze werfen.«
»Dann laß mich auch gleich dort, wo sie mich erledigt hat!« schrie ihm Ramon Acosta ins Gesicht. »Was soll ich auf eurem Friedhof?«

Tief in Gedanken kehrte Ramon Acosta zu seinem Garten zurück, der ihn unverändert erwartete und mit altvertrautem Duft umfing. Er schloß sorgfältig das Tor hinter sich, wischte ein paar Schmetterlinge fort, die ihn umgaukelten, und schritt bis vor die Hütte, wo er stehenblieb, seinen Sack absetzte und aufschaute.
»Jetzt zeig, was du kannst!« rief er hinauf zu dem grinsenden Kürbisgesicht.
Das Unkraut mußte entfernt, der Mais mußte gesät werden. Über der Arbeit konnte Ramon Acosta vergessen, was er erfahren hatte. Aber er vergaß nicht, seinen Gott an seine Pflicht zu erinnern. Immer wieder kletterte er mit einem Arm voll Blumen und blühenden Ranken auf das Dach und bekränzte ihn.

Dreizehntes Kapitel

Eines Tages waren sie da. Sie schlugen ans Tor und riefen. Ramon Acosta arbeitete gerade auf der anderen Seite des Gartens. Er nahm sich nicht die Zeit, sein Gewehr aus der Hütte zu holen. Er packte sein Haumesser, mit dem er eben die Ranken vom Zaun geschnitten hatte, und lief ans Tor. Über dem Zaun erschien ein stoppelbärtiges Männergesicht unter einem schäbigen Hut.

»Mach dein Tor auf!« rief der Mann. »Drei Herren wollen mit dir sprechen. Sie sind nicht gewohnt zu warten. Na hopp, beeil dich schon.«

»Ich hab nichts zu besprechen und hab niemanden eingeladen«, antwortete Ramon Acosta heiser.

»Mach keine Umstände«, knurrte der Mann über den Zaun. »Es sind Herren mit Bildung und Titeln, du kannst das Tor vor ihnen nicht einfach zulassen. Das geht gegen jede Höflichkeit.«

»Ich leiste mir das«, rief Ramon Acosta hinaus.

»Du wirst sie verstimmen«, rief der Fremde zurück. »Das wäre nicht gut für dich. Denn sie werden den Wert deines Landstücks taxieren. Mit Höflichkeit kommst du weiter.«

»Ich bin nicht höflich. Wenn mir jemand von deinen Herren was sagen will, kann er's ja über den Zaun brüllen. Durch das Tor kommt jedenfalls keiner.«

Der Männerkopf verschwand. Ramon Acosta spießte das Haumesser vor sich in die Erde und wartete. Er hörte gedämpfte Stimmen, unterdrücktes Gelächter. Dann erschien ein anderer Kopf über dem Zaun, ein auffallend blasses Gesicht über einem khakifarbenen Hemd. Dieser Mann trug einen Strohhut, der in der Sonne glänzte, einen von den teuren.

»Entschuldigen Sie die Störung«, sagte der Mann ruhig. »Ich habe Verständnis dafür, guter Mann, daß Sie uns nicht einlassen wollen. Aber vielleicht haben Sie die Güte, zu uns herauszukommen. Denn was wir mit Ihnen zu verhandeln haben, ist wirklich von höchster Wichtigkeit für Sie.«

»Was habt ihr für eine Ahnung, was für mich von höchster Wichtigkeit ist?« höhnte Ramon Acosta. »Und wichtig ist für mich nur, was innerhalb dieses Zaunes passiert.«

»Eben«, sagte der Mann mit dem Strohhut. »Darum handelt es sich ja. Stecken Sie Ihr Haumesser ein und kommen Sie heraus. Wir sind friedliche Leute.«

Ramon Acosta behielt das Haumesser in der Hand, als er den Riegel wegschob, das Tor öffnete und es sorgfältig hinter sich schloß. Vor ihm standen sechs Männer, und er konnte auf den ersten Blick erkennen, daß es sich um drei Mächtige und drei Machtlose handelte, drei Herren und drei Diener, die ihnen das Gepäck trugen: Rucksäcke, Stangen, Meßgeräte. Der eine der Diener war jener Bursche, der schon zweimal über den Zaun geschaut hatte. Der Blaßgesichtige streckte die Hand aus, aber Ramon Acosta übersah sie.

»Ich weiß schon«, sagte er finster. »Ihr wollt mir mein Land wegnehmen.«

»Aber nicht doch«, rief ein anderer der Herren, der eine Brille trug. »So kann man das nicht sehen. Wir nehmen nicht weg. Wir tauschen im Auftrag der Regierung Ihr Land gegen eine ansehnliche Summe Geldes ein.«

»Ich tausche nicht. Ich brauche kein Geld.«

»Aber Mann, seien Sie doch vernünftig«, sagte der Blaßgesichtige. »Mit dem Geld steht Ihnen die Welt offen. Sie können damit in La Barranca eine kleine Existenz gründen und dort ein anderes Leben führen als hier, ein menschenwürdigeres Leben. Geben Sie doch selber zu: Sie hausen hier armseliger als ein Tier. Ich habe mir erzählen lassen, daß Sie allein leben. Natürlich. Welche Frau käme denn auch hier heraus? Der Mensch ist ein geselliges Wesen. Einsamkeit macht ihn kaputt. In La Barranca würden Ihnen die Frauen nachlaufen, so stattlich, wie Sie gebaut sind.«

Der stoppelbärtige Mann mit dem schäbigen Hut grinste hinter dem Rücken des Blaßgesichtigen.

»In La Barranca können Sie sich auch mit dem Geld, das Ihnen die Regierung für das Land gibt, Ihre Furunkeln kurieren lassen«, sagte der Bebrillte. »Die sind doch lästig, nicht wahr?«

»Sie gehören zu mir. Ich brauche keinen Arzt. Ich brauche keine Frau. Ich will nicht nach La Barranca. Ich bleibe hier.«

»Na gut«, sagte der Bebrillte. »La Barranca ist ja nun wirklich nichts Großartiges. Aber wie wäre es mit der Hauptstadt? Die Summe würde für die Reise reichen und noch für Kost und Logis während der ersten Wochen. Dort in der Hauptstadt können Sie mit ein bißchen Glück die höchsten Positionen erreichen.«

»Ich will nichts mehr erreichen«, sagte Ramon Acosta zornig. »Ich hab schon erreicht, was ich wollte. Das ist dieser Garten hier. Mehr will ich nicht.«

»Seien Sie doch nicht so sperrig«, rief der Blaßgesichtige ungeduldig. »Wir haben heute noch mehr zu tun. Sie werden von hier wegmüssen, ob Sie wollen oder nicht. Das ist so sicher wie das Amen in der Kirche. In ein paar Monaten sind die Maschinen hier, und dann wird alles zusammengewalzt und weggeräumt, gleichgültig, ob Ihnen das paßt oder nicht. Dann ist es zu spät für irgendwelche Entschädigungen. Dafür sind wir ja heute hergekommen. Glauben Sie, uns ist das ein Vergnügen? Sehen Sie, so gerecht handelt die Regierung, daß sie ihre Beamten bis zum letzten Siedler hinaus in den Urwald schickt, um ihren guten Willen zu bezeugen. Wenn wir diese ganze Expedition nicht mit den Vermessungen gekoppelt hätten, wäre sie uns auf zwei volle Tage gekommen, nur wegen diesem lächerlichen Gärtchen hier. Und dann stellen *Sie* sich noch dem Wohl des Volkes entgegen!«

»Was geht mich das Volk an!«

Jetzt mischte sich der dritte Herr, ein rundlicher Mann mit einem Schnurrbärtchen und rotgeäderten Wangen, ins Gespräch.

»Sie wollen also nicht in die Stadt«, sagte er. »Das ist Geschmackssache. Ich bin liberal und toleriere den Willen des einzelnen. Dann gehen Sie doch auf die andere Seite des Flusses oder ein paar Kilometer hinter den Flugplatz und lassen sich *dort* nieder! Hier gibt es doch Wald genug, der niemandem gehört. Sollten Sie darin nicht ein Plätzchen für sich und Ihren Garten finden? So eine Hütte, so ein Zaun sind schnell wieder aufgebaut, vor allem dann, wenn Sie sich mit dem Geld, das Sie als Entschädigung ausgezahlt bekommen, ein paar Helfer leisten können. Flexibilität, mein Lieber, Flexibilität fehlt Ihnen. Denn Wald ist Wald und Himmel ist Himmel, hier wie dort, und ein Maisfeld und ein Kürbishügel lassen sich schnell anlegen. Also seien Sie vernünftig und machen Sie das beste aus dem Unabänderlichen.«

»Nein«, sagte Ramon Acosta, »das hier ist meine Freiheit, die hab ich mir aufgebaut, die hab ich verteidigt, die geb ich nicht freiwillig her. Baut euren Flugplatz darum herum

oder verschiebt ihn nach irgendeiner Seite. Aber innerhalb des Zauns ist mein Gebiet, da kommt mir keiner drauf.«
Die drei Herren brachen in Gelächter aus.
»Wir werden der Regierung den Vorschlag machen, Ihren Garten mitten auf dem Flugplatz stehenzulassen«, rief der Blasse. »Mal sehen, was sie dazu sagt.«
»Ich hab's ja gleich gewußt«, rief der Bursche, »daß er sich auf keine Verhandlungen einläßt.«
»Und jetzt schaut, daß ihr fortkommt«, sagte Ramon Acosta. »Ich hab zu tun.«
Er kehrte in den Garten zurück und schloß das Tor hinter sich.
»Tritt wenigstens beiseite, wenn die Bulldozer kommen«, rief der Bursche lachend durch den Zaun.
»Sie verzichten also auf eine Entschädigung?« fragte die Stimme des Blassen scharf.
Ramon Acosta hielt es nicht für nötig, ihm zu antworten. Er kehrte zu seiner Arbeit zurück. Er hörte die Stimmen, das Gelächter an seinem Zaun entlangziehen und in der entgegengesetzten Richtung im Wald verhallen.
Als der Lärm verstummt war, warf Ramon Acosta das Haumesser hin und ging vor die Hütte. Er hob den Kopf und schaute hinauf zu dem grinsenden Kürbisgesicht, das nicht mehr gelb leuchtete. Die Jahre hatten es verwittert.
»Jetzt kommt es auf dich an«, sagte er laut. »Denn vergiß nicht: Wenn die Maschinen hierherkommen, ist es auch aus mit *dir*. Denn dann glaube ich nicht mehr an dich. Dann gehst du mit mir zugrunde.«

Eintönige Wochen folgten, in denen Ramon Acosta jätend und mähend seine Hütte umkreiste und sich gegen den Lärm verschloß, der sich stetig näherte. Der Lärm war fast ständig zu hören: ein nagendes Geräusch, dazu eine Sirene,

die die Arbeitszeiten angab und jedesmal, wenn sie ertönte, eine dumpfe Wut in Ramon Acosta wachrief. Fast immer roch es nach Rauch. Manchmal verdunkelte graubrauner Qualm den Himmel.
Immer öfter kamen Männer bis an den Garten, schlugen ans Tor, riefen über den Zaun, schauten darüber, forderten Einlaß oder rissen Witze. Ramon Acosta kümmerte sich nicht um sie. Wenn sie am Zaun entlangstrichen, wenn sie den Garten zu umkreisen versuchten, lachte er leise. Er wußte, daß sie nach einem kurzen Versuch aufgeben würden, dieses verfilzte Gestrüpp zu durchdringen. Wald und Zaun hatten sich zäher als jedes Unterholz ineinander verbissen.
Das Salz ging ihm aus. Die Stiefel fielen ihm von den Füßen. Er besaß auch kein Benzin mehr für sein Feuerzeug: höchste Zeit, wieder einmal den Laden des Türken aufzusuchen. Aber er wagte nicht mehr, seinen Garten für mehrere Tage zu verlassen. Auch hatte er keine Häute mehr gesammelt, die er hätte eintauschen können. Seine Patronen mußte er sparen, die wollte er nicht verbrauchen. So aß er Ungekochtes und Ungesalzenes und schlang es gleichgültig hinunter, und an manchen Tagen vergaß er ganz, etwas zu essen.
Nie aber unterließ er, Blumen auf das Dach zu werfen, und je näher der Lärm der Maschinen kam, um so öfter warf er Blumen hinauf. Das ganze Dach um das Kürbisgesicht war von einer Schicht vertrockneter Blumen bedeckt, die nach Heu und Fäulnis rochen. Vögel ließen sich darauf nieder und scharrten und pickten darin herum.
»Dich betet zwar nur ein einziger Mensch an«, sagte Ramon Acosta zu seinem Gott, »aber deine ganze Macht kommt auch mir allein zugute. Du brauchst nur mich zu schützen. Du hängst von mir allein ab, und ich von dir.«

Er starrte in das leere Lächeln, und sein Herz krampfte sich zusammen, wenn er an die Maschinen dachte.

Jeden siebten Tag verstummte der Lärm. Ramon Acosta, der längst aufgehört hatte, die Zeit zu markieren, begriff, daß die stillen Tage die Sonntage waren. An einem solchen Tag wagte er es einmal, seinen Garten zu verlassen und dem Pfad zu folgen, der zum Fluß führte. Er wollte sehen, wie weit die Maschinen vorgedrungen waren.

Die Bulldozer waren keine zwei Fußstunden mehr von seinem Garten entfernt. Plötzlich endete der Pfad an einem Waldrand, der früher nicht gewesen war. Vor Ramon Acosta breitete sich eine kahle Ebene aus, über der die Hitze waberte. Riesige Planierraupen standen leblos herum. Zwischen ihnen türmten sich kreuz und quer gestürzte Bäume. Ramon Acosta schaute sich um. Er konnte nirgends einen Wächter oder einen Gaffer entdekken. Nichts rührte sich, außer den Eidechsen, die über die heiße Walderde huschten, und einem Tucan, der auf dem Dach eines Bulldozers wippte.

Ramon Acosta erkletterte einen Bagger, der quer über dem einstigen Pfad stand, und hielt Ausschau. Seine Augen waren eine solche Weite nicht mehr gewöhnt. Jahrelang waren sie an den Zaun und darüber an die Wipfel der Bäume gestoßen, die die Lichtung begrenzten. Jetzt aber dehnte sich die Ebene vor ihm bis an den Fluß. Wie nahe war der gerückt, nun, da man ihn sich nicht mehr mit dem Haumesser Schritt für Schritt erkämpfen mußte!

Wie ein gerupftes Huhn lag die Landschaft vor ihm. Hinter dem Chaos der übereinandergestürzten Bäume am Rand des Waldes breitete sich eine bereits abgeräumte Fläche aus. Geschälte Stämme lagen aufgeschichtet, zum Abtransport bereit, gewaltige Haufen von Ästen waren zusammenge-

tragen. Sie sollten wohl verbrannt werden. Denn rings auf der Ebene zeugten riesige dunkle Aschef lecken von schon niedergebrannten Scheiterhaufen. Hier und dort stand einsam eine Baracke, und um den Kahlschlag zog sich als Horizont ein schmales dunkles Band: der Wald. Schon wurde vom Fluß herüber planiert. Dort konnte Ramon Acosta eine ganze Anzahl von Baggern und Walzen und anderen Maschinen erkennen, die von ihren Fahrern dort verlassen worden waren, als der Ton der Sirene sie erreicht hatte.
Benommen kletterte Ramon Acosta von der Maschine. Neben dem mächtigen Rad lag eine kleine Schlange. Sie war tot, zerquetscht, zerstückelt in drei Teile. Fliegen umsummten sie. Und durch die glühende Luft taumelte matt ein Schwarm orangefarbener Schmetterlinge.

Ramon Acosta hatte genug gesehen. Er kehrte heim in seinen Garten und lud sein Gewehr. In der Nacht fuhr er einige Male auf. Er glaubte, jemanden am Tor gehört zu haben. Dann wieder träumte er von einer mächtigen Maschine, die durch den Zaun brach und auf ihn zurollte. Schweißgebadet verließ er seine Matte in der Morgendämmerung und hob seine Arme zu seinem Kürbisgott.
»Wie groß bist du«, schrie er, »wie mächtig, wenn du das alles so gelassen auf dich zukommen läßt! Es steht mir nicht zu, dich zu fragen, wie du sie zermalmen wirst, aber ich gestehe dir, daß ich zweifle, ob du mit ihnen fertig wirst. Gib mir ein Zeichen, daß du mächtiger bist als sie. Nur ein einziges, untrügliches Zeichen, damit ich wieder ruhig werde und die Angst mich nicht auffrißt!«
Aber in den nächsten Tagen geschah nichts Außergewöhnliches, nur daß es Ramon Acosta schien, als fänden sich mehr Schlangen, mehr Leguane und Vögel denn je in

seinem Garten ein. Zweimal am selben Tag erschlug er eine Mapaná, die eine davon sogar auf der Schwelle der Hütte, und im Tamaibabaum raschelte es unaufhörlich: grüne, langgestreckte Drachenleiber, Zackenkämme wurden zwischen dem Laub sichtbar, kahle kleine Köpfe mit Knopfaugen bewegten sich hin und her. Immer wieder überflogen Vogelschwärme die Lichtung westwärts. Manchmal ließen sie sich auf den großen Gartenbäumen nieder, zuweilen auch auf dem Tamaibabaum vor der Hütte und trieben dort die Leguane in panische Flucht: über den Stamm ins nächste Gebüsch oder in die Beete hinein.
Sogar auf dem Hüttendach saßen Vogelscharen, hockten auf dem Kürbisgott und pickten auf ihm herum. Dann wurde Ramon Acosta zornig und warf Steine nach ihnen. Aber er konnte nicht verhindern, daß sie seinen Gott mit Kot beschmutzten. Er mußte immer wieder seine Arbeit liegen lassen, zu ihm hinaufklettern und ihn reinigen.
»Das ist das mindeste, was ich für dich tun kann«, seufzte er. »Gib mir zu erkennen, ob du noch andere Dienste von mir erwartest.«
Aber das Kürbisgesicht lächelte nur sein leeres Lächeln wie eh und je.

Der Lärm schwoll an. Eines Morgens hörte Ramon Acosta deutlich einen Baum stürzen. Es mußte ein Riese von einem Baum gewesen sein. Noch am selben Tag wand sich eine mächtige Boa in der Nähe des Tores über den Zaun und verkroch sich im Zuckerrohr. Von da an war es, als geriete der ganze Wald in Bewegung. Ameisenvölker durchquerten den Garten, Schwärme wilder Bienen brausten über ihn hin, Affenhorden erfüllten die Lichtung mit ihrem Gekreisch, bis es westwärts verhallte. Tapire brachen außerhalb des Zauns durch das Unterholz, und einem alten

Eber, der in Panik geraten war, gelang es sogar, den Zaun zu durchstoßen. Ramon Acosta erschlug ihn, völlig überrascht, mit dem Haumesser. Sogar ein Ozelot durchquerte den Garten, zog sich fauchend für eine halbe Stunde ins Gebüsch neben dem Tümpel zurück, setzte dann mit einem Sprung auf den Zaun und verschwand im Wald.
Als schon der Sturz jedes einzelnen größeren Baumes zu hören war, kamen zwei Männer an den Zaun und lärmten. Sie rüttelten am Tor und versuchten zu öffnen, aber es blieb verschlossen. Schließlich kletterte einer der beiden am Geflecht hoch und reckte den Kopf über den Zaunrand. Er schwenkte einen Eimer und schrie: »He, hast du Wasser hier? Uns ist das Wasser ausgegangen. Ich bin der Koch, verstehst du? Sei so gut.«
Ramon Acosta, der gerade dabei war, seinen Zaun zu flicken, erhob sich, kam näher und wischte sich die Hände an der Hose ab.
»Komisch«, rief der Koch, »daß du überhaupt noch hier bist. Tust so, als ginge dich das Ganze nichts an. Willst du dableiben, bis sie dir vor deinen Augen die Hütte umwalzen? An deiner Stelle würde ich mir das nicht anschauen. Ich rate dir, mach dich rechtzeitig fort. In ein paar Wochen sind wir hier, wenn es überhaupt noch so lange dauert. Im Augenblick stoßen sie mehr nach Norden vor, aber das bedeutet für dich höchstens einen Aufschub von Tagen. Mach dir keine Hoffnung, daß die sich das anders überlegen. Du kommst dran, und zwar bald. Also, mach schon, die Leute schlagen mich tot, wenn das Essen nicht rechtzeitig fertig ist. Woher ich das Wasser nehmen soll, wenn die Kanister leer sind, fragen sie nicht. Das kann ich mir aus den Fingern saugen. Komm doch und mach uns auf, wir haben's eilig.«
»Holt euch das Wasser aus dem Fluß«, rief Ramon Acosta.

»Oder verhungert. Das ist mir egal. Verschwindet, bevor ich mein Gewehr hole.«
»Sei doch vernünftig«, rief der Koch. »Ich will dir nicht ans Leben. Ich will doch nichts als einen Eimer voll Wasser!«
»Glaubst du, ich versorge die Schufte, die mir den Garten nehmen wollen, mit Wasser?« schrie Ramon Acosta erbost.
»Du Scheißkerl«, keifte der Koch. »Soll dich der Teufel holen! Nicht einmal einen lächerlichen Eimer voll Wasser unter Brüdern!«
Auch der andere reckte jetzt seinen Kopf über den Zaun.
»Abknallen müßte man ihn«, sagte er.
Dann verschwanden sie. Ihre Flüche verhallten im Wald.
»Nein«, sagte Ramon Acosta laut, als er wieder allein war.
»Nicht einmal einen Eimer Wasser. Euch nicht. Trockne den Fluß aus, du da oben, und laß sie verrecken!«

Vierzehntes Kapitel

Der Waldstreifen zwischen Garten und Kahlschlag wurde immer schmaler. Der Lärm dröhnte bis in den Garten, das Ächzen der stürzenden Bäume verfolgte Ramon Acosta bis in seine Träume. Aber er schlief nicht mehr viel. Er lauschte. Er lauerte. Er wachte.

»Noch ein paar Tage, dann sind wir da«, rief ihm ein Vorarbeiter über den Zaun zu. »Es wird allerhöchste Zeit, daß du von hier verschwindest. Wenn wir erst mit den Maschinen vor deinem Zaun stehen, haben wir keine Zeit mehr zu warten, bis du deinen Kram zusammengepackt hast. Du kannst dein Gepäck zu uns bringen, es fahren jeden Tag Lastautos nach La Barranca. Die nehmen dich mit.«

»Ich bleibe«, antwortete Ramon Acosta.

»Hör mal«, rief der Mann, »das ist kein Anlaß für Scherze. Ich warne dich. Unsere Leute machen kurzes Federlesen mit solchen, die nicht weichen wollen.«

»Ich auch«, antwortete Ramon Acosta. »Ich mache auch kurzes Federlesen mit solchen, die nicht weichen wollen.« Und er holte sein Gewehr aus der Hütte.

»Du bist ja verrückt!« schrie der Mann. »Einer gegen alle!« Er duckte sich und verschwand.

Ramon Acosta trug das Gewehr wieder in die Hütte, dann schleifte er einige der schweren Äste, die er von dem umgestürzten Baum gesägt und vor das Tor gebracht hatte, zurück in den Garten. Mit ihnen verbarrikadierte er den Eingang.

Als er fertig war, wusch er sich im Tümpel. Dann zog er ein neues Hemd an, das er schon vor drei Jahren gekauft, aber noch nie getragen hatte. Der Stoff roch noch nach dem Laden des Türken in Maria Soledad. Die beiden großen Brusttaschen füllte er mit Patronen. Den Ledersack, in dem er seine Munition aufbewahrt hatte, legte er mit dem Rest der Patronen neben sich auf die Türschwelle. Die Tür zeigte nach Osten. Von hier aus konnte er sie sehen, wenn sie kamen. Er stand nur noch auf, um sich ab und zu etwas zu essen zu holen. Während der Nächte ließ er sich zurücksinken und schlief auf dem Boden. Er spürte nicht einmal die Ameisen, die über ihn hinwegkrochen. Aber er hörte jedes Geräusch. Manchmal sprach er mit seinem Gott. Die übrige Zeit döste er vor sich hin. Das Gewehr lag immer griffbereit neben ihm.
Zwei Tage später konnte er von seiner Schwelle aus eine mächtige Baumkrone wanken sehen, die bisher alle anderen Bäume in weitem Umkreis überragt hatte. Er hörte bereits das Geschrei der Arbeiter, Trillerpfeifensignale, das Anspringen der Motoren, den dumpfen, eintönigen Lärm der Maschinen. Am dritten Tag lichteten sich die Bäume östlich des Gartens. Ramon Acosta konnte plötzlich Himmel zwischen den Stämmen sehen. Ein Papageienpärchen flatterte aus einem stürzenden Baum und kreischte. Und am Abend dieses dritten Tages rief eine Stimme jenseits des Zauns: »Bist du noch da?«
»Ich bin noch da«, antwortete Ramon Acosta.
»Schau, daß du bis morgen früh verschwunden bist«, rief die Stimme. »Morgen früh kommt dein Garten dran. Hast du gehört?«
»Ich habe gehört«, antwortete Ramon Acosta.
Diese letzte Nacht durchwachte er. Nach Sonnenuntergang waren die Motoren verstummt. Lautlos stand der

Wald. Nur ein paar Grillen zirpten im Garten, aber kein Vogelruf ertönte. Es waren keine Vögel mehr da, auch keine Leguane mehr. Sie waren vor dem Lärm aus dem Garten geflüchtet, westwärts in die Tiefe des Waldes hinein. In fahles Mondlicht getaucht, lag der Garten vor Ramon Acosta. Es war so hell, daß er sogar das Gesicht seines Gottes erkennen konnte, wenn er sich erhob und hinaufschaute. Der Wind schlief. Kaum bewegte sich ein Halm im Zuckerrohrfeld, ein Blatt im Tamaibabaum. Der zeichnete seinen Schatten auf den Vorplatz der Hütte, und sein Duft erfüllte den ganzen Garten. Er blühte. Er war mächtig gewachsen, er war jetzt ein richtiger großer Baum und voller Blüten. Flüchtig erinnerte sich Ramon Acosta an Olinda. Sie hatte sich zuweilen mit den Blütenblättern des Tamaiba eingerieben, um zu duften wie sie. Ramon Acosta stand auf und umwanderte seine Hütte. Er kannte jeden Stein, jeden Strauch, jeden Pfad. Er runzelte die Stirn: Während der letzten Tage hatte sich das Unkraut wieder an die Hütte herangemacht, war der Wald wieder über den Garten hergefallen. Aber in dieser Nacht kämpfte Ramon Acosta nicht mehr mit dem Urwald, der immer noch seinen Samen über den Zaun streute. Er ruhte. Er saß und ruhte sich aus für den kommenden Tag. Friedlich schlief die Boa im Zuckerrohrfeld, und unter dem Dach hingen Bündel reifer Maiskolben von der letzten Ernte, die im Mondschein bläulich glühten. Nach Mitternacht, als der Mond im westlichen Wald versank, verblaßten sie.
Sobald die Sonne aufging, erwartete Ramon Acosta die Sirene. Kurz nach ihrem häßlichen Heulton sprangen die Motoren an, begannen die Maschinen zu rattern, fing der Boden an zu zittern. Ramon Acosta sah die Boa aus dem Zuckerrohr gleiten und auf ein Gebüsch am gegenüberliegenden Zaun zukriechen. Aber er hatte keine Zeit, auf sie

zu achten. Männerstimmen näherten sich, Gelächter ertönte, Rufe hallten hin und her, jemand grölte ein Liebeslied. Bäume ächzten, stürzten, fielen quer über den Pfad, der zum Fluß führte, rissen andere Bäume mit sich. Eine Schneise entstand, und durch diese Schneise bewegte sich eine schwere Planierraupe auf den Zaun zu, eine zweite, eine dritte, wahre Ungetüme mit Schaufeln und Rammen, schoben die gestürzten Stämme beiseite und hielten vor dem Zaun. Ein paar menschliche Stimmen übertönten den Motorenlärm.

»Habt ihr ihn gesehen?« hörte Ramon Acosta fragen. »Hat ihn irgend jemand heute nacht außerhalb seines Zaunes gesehen?«

Niemand hatte ihn gesehen. Einer der Männer kletterte auf die vorderste Maschine und spähte über den Zaun in den Garten.

»Wahrhaftig, da hockt er noch«, rief er.

»Es hätte mich nicht gewundert, wenn er sich heute nacht aufgehängt hätte«, sagte der Fahrer der ersten Planierraupe, ein bulliger Neger.

»Weiter!« brüllte die Stimme des Vorarbeiters. »Wir haben keine Zeit, hier vor dem Zaun ein Schwätzchen zu halten. Wir sind sowieso schon mit der Arbeit im Verzug.«

»Raus mit dir!« brüllte der Mann auf der Raupe und machte eine Gebärde wie einer, der Hühner fortscheucht.

»Der ist imstande, sich vor die Maschine zu werfen«, knurrte der Neger. »Man muß ihn vor sich selber schützen.«

»Sind wir Kindermädchen?« rief der Mann auf der Raupe. »Laßt ihn doch tun, was er will.«

Und er brüllte in den Garten hinein: »Wir kommen!«

»Los«, knurrte die Stimme des Vorarbeiters, »walzt den Zaun nieder.«

Der Späher kletterte von der vordersten Planierraupe herunter. Als sie sich in Bewegung setzte, sprang er auf das Trittbrett und hielt sich an der Tür der Führerkabine fest. Er winkte mit der freien Hand und johlte, als sich der Zaun neigte, die Pfähle splitterten und krachten. Die Maschine brach in den Garten ein, zermalmte ein Stück des Zauns samt dem Tor und begrub das Beet mit den Sonnenblumen unter sich. Staub wirbelte auf.
Ramon Acosta hatte sich in die Hütte zurückgezogen und schob den Lauf seines Gewehrs durch das Wandgeflecht. Er traf den Mann auf dem Trittbrett genau ins Gesicht. Dessen triumphierendes Gelächter brach ab, sein Gesicht erstarrte zu einer blöden Grimasse, seine Hand ließ los, der Körper sackte zusammen und stürzte vom Trittbrett in die Sonnenblumen hinein. Erstaunt beugte sich der Fahrer aus dem Fenster.
Es herrschte jetzt ein ohrenbetäubender Lärm in Ramon Acostas Garten, denn auch die beiden anderen Maschinen hatten inzwischen den Zaun überwunden und walzten über das Maisfeld. Niemand hatte den Schuß gehört, und keiner verstand, was der Fahrer der ersten Planierraupe brüllte. Erst als er seine Maschine stoppte und aus der Kabine kletterte, um dem Mann in den Sonnenblumen zu Hilfe zu kommen, wurde die Gruppe der Arbeiter, die den Raupen folgten, aufmerksam. Aber noch ehe sie das Sonnenblumenbeet erreicht hatten, sahen sie, wie der Neger plötzlich von der Kabine herab, auf den Liegenden fiel und sich nicht mehr rührte.
Während die Männer sich verstört über die beiden Toten beugten, fielen zwei weitere Schüsse. Der eine zersplitterte die Windschutzscheibe der zweiten Planierraupe und fuhr dessen Fahrer in den Hals, der andere verfehlte die Schläfe des dritten Fahrers um eine Handbreit. Als der schreiend

aus seiner Kabine sprang, traf ihn der nächste Schuß in die Lunge.
Nur die erste Raupe stand. Die beiden anderen bewegten sich noch ein Stück ohne Fahrer weiter. Eine von ihnen brach eine breite Schneise durch das Zuckerrohr und kroch über den Kürbishügel. Der bewirkte, daß sie ihre Richtung änderte und sich dem zweiten Koloß entgegenwälzte, der das Bohnenbeet durchfurchte und sich steuerlos, mit dem schwerverletzten Fahrer in der Kabine, auf die Hütte zubewegte. Er rammte den Tamaibabaum. Der splitterte und brach. Während er noch stürzte, fuhr die erste Maschine der zweiten mit voller Wucht in die Seite. Der Baum fiel darüber. Eine Stichflamme fuhr hoch, höher als die Hütte, höher als der Kürbisgott, begleitet von ohnmächtigem Geschrei. Eine Explosion folgte, Eisenteile flogen durch die Luft. Innerhalb weniger Augenblicke standen beide Kolosse in Flammen. Über ihnen verglühten die Blüten und Blätter des Tamaibabaumes. Der Fahrer mit dem Halsdurchschuß verbrannte in der Kabine. Dicker Qualm stieg empor.
Die Hitzewelle des Feuers erreichte Ramon Acosta hinter dem Wandgeflecht der Hütte. Sie war unerträglich. Er glaubte, seine Haut verdorren zu spüren. Er warf sich auf den kühlen, lehmgestampften Hüttenboden und versuchte so, die Glut zu überstehen. Er wagte nicht, zum Tümpel zu laufen und sich hineinzuwerfen. Außerhalb der Hütte hätte er sich seinen Feinden ausgeliefert. Er hörte ihr Geschrei am Rand des Gartens. Inzwischen hatten sie wohl begriffen, daß ihre Leute durch Schüsse gefallen waren, denn niemand hatte versucht, auf die führerlos rollenden Kolosse aufzuspringen und sie wieder unter Kontrolle zu bringen. Geduckt schleiften sie die beiden Toten aus den Sonnenblumen und den Schwerverletzten aus dem Mais-

feld und suchten dann hinter dem Zaun, soweit er noch stand, Deckung vor Ramon Acostas Gewehr. Ein paar Schüsse, kaum zu hören beim Geprassel des Feuers, sirrten von dort herüber, durchschlugen das Wandgeflecht der Hütte und fuhren durch die entgegengesetzte Wand wieder hinaus. Es schien Ramon Acosta, als sei von den Leuten hinter dem Zaun nur ein einziger Mann bewaffnet.
Er robbte an die Wandseite, die von den brennenden Maschinen am weitesten entfernt war, und spähte durch das Geflecht auf den nördlichen Zaun. Dort mußten sie liegen. Er lauerte und schickte mehrere Schüsse hinüber. Es rührte sich nichts. Nur ein Tollkühner kroch bis zur Planierraupe, die noch immer tuckernd im Sonnenblumenbeet stand, kletterte unbemerkt in deren Kabine und manövrierte sie rückwärts aus dem Garten, aus der Gefahrenzone hinaus und fort durch die Schneise. Ramon Acosta schickte ihm ein paar Schüsse nach.
Warum ist er rückwärts gefahren? dachte er. Hatte er Angst vor meinem Gewehr oder meinem Gott? Er hätte mich doch samt der Hütte zermalmen können!
Aber dann fiel ihm das Feuer ein, das noch immer aus den beiden Maschinen lohte. Das hatte den Fahrer wohl abgehalten, sich zu nähern.
Er lauschte. Er hörte kein Geschrei mehr. Nur das Feuer lärmte.
Jetzt müßte ich den Hund dahaben, dachte er. Der würde sie aufstöbern. Der würde mir zeigen, wo ich hinschießen muß, um sie loszuwerden.
Der Schweiß lief ihm aus den Haaren in die Augenhöhlen und in den Mund. Seine Brust klebte am Boden. Er schnappte nach Luft. Sie roch nach Rauch und verbranntem Gummi.
Langsam, sehr langsam nahm die Hitze ab, allmählich

verglühte das Feuer. Als nach einer guten Stunde immer noch keiner der Arbeiter zu sehen war, wagte Ramon Acosta sich zu erheben. In der Ferne, hinter den wenigen Bäumen, die den Garten noch von der kahlgeschlagenen Fläche trennten, hörte er Stimmen und Motorenlärm. Aber rings um den Zaun zirpten nur Grillen, und ein paar Leguane ließen sich wieder blicken und raschelten im Gebüsch.

Mit geladenem Gewehr schritt Ramon Acosta hinüber zum Tümpel, streifte, als ihn auch jetzt noch niemand anrief oder beschoß, die Kleidung ab und watete ins Wasser. Bis über den Kopf tauchte er in die kühle Flut. Tropfnaß verließ er den Tümpel, griff nach seinem Gewehr und kehrte zurück zur Hütte. Den beiden ausgebrannten Maschinen, die nichts mehr waren als verbogenes Gestänge, geschmolzener Lack, ineinander verkeilter Schrott, aus dem noch dünne Rauchfäden stiegen, schenkte er kaum einen Blick. Er blieb vor der Hütte stehen und schaute hinauf zu dem Kürbisgott.

»Du bist groß«, sagte er laut. »Du bist viel größer, als ich geglaubt hatte. Du hast sie vertrieben. Du wirst sie auch von dort vertreiben, wo sie jetzt noch sind. Du hast ihnen Angst eingejagt und hast gemacht, daß sich ihre Maschinen gegenseitig zerstört haben. Herrlich war dein Sieg! Jetzt werde ich dich niemals wieder für zu schwach halten. Danke, mein Gott.« Er warf einen Blick in die Richtung, wo die Maschinen in einer Breite von vierzig oder fünfzig Schritten den Zaun umgewalzt hatten. Er nickte: Es würde viele Tage Arbeit kosten, ihn wieder aufzurichten und ein neues Tor zusammenzufügen. Er umschritt die Trümmer der Planierraupe und die verkohlten Reste des Tamaibabaums. Aus der ausgebrannten Kabine des einen Fahrzeugs hing ein knöcherner Arm.

»Schade um den Baum«, seufzte Ramon Acosta zum Dach hinauf. »War es wirklich nötig, ihn zu opfern? Es wird viele Jahre dauern, bis ich mir wieder einen Tamaibabaum zu solcher Schattengröße gezogen habe. Was ist schon so ein Baum für dich? Du bist nicht auf seinen Schatten angewiesen. Aber mir hat er oft die Hitze gelindert. Und was mache ich jetzt mit diesem Haufen Eisen mitten im Garten? Und mit dem Toten?«

Er dachte nach. Er kam zu dem Entschluß, auch diese beiden ehemaligen Ungetüme, die, obwohl zerstört, viel zu mächtig waren, um von ihm zerteilt und beseitigt zu werden, mit Erde zu bewerfen, bis man von ihnen nichts mehr sehen konnte, und sie danach in einen gewaltigen Kürbishügel zu verwandeln. Auf diese Weise wäre auch gleich der Tote mit begraben.

Ihn ergriff eine euphorische Stimmung: Dieser Gott war stark genug, eine feindliche Angriffswelle nach der anderen zu zerschlagen und all das, was unerlaubt in seinen Garten eindrang, zu vernichten. Immer mehr Kürbishügel würden innerhalb des Zauns entstehen, es würde mit der Zeit ein sehr hügeliger Garten werden! Aber das Begrabene würde den Garten fruchtbar machen. Die Kürbisse würden zu unerhörter Größe anschwellen!

Er kehrte zum Tümpel zurück, zog sich an, hängte das Gewehr an seinen Platz in der Hütte und griff nach dem Haumesser: Zuerst galt es, den Zaun wieder zu schließen. Das Begräbnis des Toten hatte Zeit. An dem gab es wohl nichts mehr, das noch Aasgeier anlocken konnte.

Er arbeitete bis zum Abend. Er ertappte sich dabei, daß er summte, so wie Olinda, wenn sie sich wohlgefühlt hatte. Wenn er überhaupt imstande war, Glück zu empfinden, so war er jetzt glücklich. Er ließ sich gelöst in seine Hängematte fallen und schlief die ganze Nacht tief und traumlos.

Er vermißte nicht den Duft des Tamaibabaumes und hörte in der Morgendämmerung nicht das Geraschel und Geflüster rund um den Garten. Durch das Wandgeflecht der Hütte wehte eine leichte Brise, die noch immer nach kalter Asche roch.
Zwei Dutzend Polizisten, in aller Eile aus La Barranca herbeitransportiert, umzingelten den Garten, noch bevor Ramon Acosta erwacht war. Sie pirschten sich über den zermalmten Zaun an die Hütte heran, sie erkletterten ihn auch dort, wo er noch aufrecht stand, und verbargen sich unter überhängendem Gerank, im hohen Unkraut und zwischen wucherndem Gebüsch. Als die ersten von ihnen die Hütte fast erreicht hatten, gab eine Trillerpfeife das verabredete Signal zum Sturm.
Es gelang Ramon Acosta nicht mehr, sein Gewehr an sich zu reißen, wohl aber sein Haumesser, das er immer griffbereit unter seiner Matte liegen hatte. Noch schlaftrunken hieb er um sich. Er spaltete einem Polizisten die Stirn, bevor ihm ein anderer in die Kniekehle trat und ihn nach hinten niederriß. Er biß in den Strick, mit dem sie ihn fesseln wollten, und lockerte seine Zähne erst dann, als ihn ein Polizist bewußtlosschlug. Sie warfen ihn auf einen Lastwagen und brachten ihn zusammen mit den Toten nach La Barranca.
Noch am selben Tag wurde Ramon Acostas Garten niedergewalzt. Ein Fahrer holte sich Gewehr und Hängematte aus der Hütte, bevor er in das Wandgeflecht hineinfuhr. Als sich das Dach neigte, rollte der Kürbisgott herab und wurde unter den Raupenketten zermalmt. Die Maschinen schoben Zaunreste, Hüttenteile, Bäume und Gesträuch zusammen. Am Abend zündeten die Arbeiter den Scheiterhaufen an. Er brannte lichterloh. Ein Mann fand einen eisernen Topf, ein anderer Hammer und Säge. Sie behielten die

Funde. Am nächsten Morgen wurden die Kürbishügel eingeebnet, wurde der Tümpel zugeschoben. Der Wald fiel, die Lichtung war keine Lichtung mehr. Nichts zeugte mehr von dem Garten MI LIBERTAD, seinem Besitzer und dessen Gott.

Fünfzehntes Kapitel

Der Fall erschien in allen Zeitungen des Landes und war ein paar Tage lang in aller Munde: Im Waldgebiet habe sich ein Eigenbrötler, ein Verrückter gegen die Enteignung seines lächerlichen Gartens aufgelehnt, habe mit der Waffe um ihn gekämpft und im Verlauf dieses Kampfes vier Männer getötet und den fünften so schwer verletzt, daß auch er mit dem Tode rang.
Nach einer kurzen Gerichtsverhandlung, in deren Verlauf der Verteidiger vergeblich versuchte, den Angeklagten als unzurechnungsfähig und somit für seine Tat nicht verantwortlich darzustellen, wurde Ramon Acosta zu lebenslänglichem Zuchthaus verurteilt. Er nahm das Urteil gleichmütig auf. Viele Zuschauer im Gerichtssaal waren überzeugt, daß er gar nicht begriff oder begreifen wollte, worum es ging.
Auch seine Frau war zur Urteilsverkündung erschienen. Sie trug einen neuen Hut und ging verschleiert: Eine schwere, vollbusige Mestizin mit Opfermiene. Sie weinte laut in ihr Taschentuch.
»Er hat mich erledigt«, schluchzte sie. »Wie stehe ich jetzt da, als Frau eines Mörders! Hab ich das verdient, mein Gott?«
Als Ramon Acosta aus dem Saal geführt wurde, spuckten die Zuschauer nach ihm. Er duckte sich nicht, er wehrte sich nicht. Seine Augen schienen nichts wahrzunehmen. Aber vor dem Ausgang, wo sich alle Neugierigen drängten,

die keinen Platz mehr im Saal gefunden hatten, blieb sein Blick an einem Gesicht hängen: Olinda – eine hagere, ungepflegte, zahnlose Frau. Eine Sekunde lang starrten sie sich an mit Gesichtern, die keine Empfindung, keinen Gedanken verrieten. Dann schoben sich Gaffer vor Olinda. Ein Polizist stieß Ramon Acosta vorwärts. Ihre Blicke verloren einander.

Acht Jahre lang lebte Ramon Acosta als Gefangener in dem neuerbauten Distriktgefängnis, dem Stolz der Stadt La Barranca. Er lebte, soweit einer lebt, der nur ißt, trinkt und schläft. Sein Geist blieb bewußtlos. Er dachte nicht nach. In seiner kleinen quadratischen Zelle wanderte er im Kreis, immer im Kreis herum, ohne die Runden zu zählen.

Erst im vierten Jahr seiner Haft erfuhr er zufällig vom Gefängnisfriseur, einem schwatzhaften Mann, den es lockte, die Schweigsamkeit dieses Gefangenen zu lösen, daß der alte Präsident längst gestürzt und der großartige Flugplatz nie vollendet worden war. Wohl war das Areal von sechs Quadratkilometern genau nach Plan kahlgeschlagen und auch größtenteils mit einer Asphaltdecke überzogen worden. Wohl hatte man schon Betonfundamente für das Flughafengebäude gegossen. Aber dann war das Projekt von einem Tag auf den anderen fallengelassen worden. Der neue Präsident war nicht bereit gewesen, weitere Unsummen für etwas zu bewilligen, das, wie er behauptet hatte, ein totgeborenes Kind zu werden versprach.

»Aber der ist auch schon wieder weg vom Fenster«, schnüffelte der Friseur. »Auf offener Straße erschossen. Das hat jeder kommen sehen, nach dem Regiment, das er geführt hat. Seit drei Monaten haben wir wieder einen Neuen, ein junges Gesicht aus dem Süden. Er macht einen gewaltigen

Wirbel. Na ja, neue Besen kehren gut. Hat versprochen, den Flugplatz weiterbauen zu lassen, deswegen stand bei der letzten Wahl unsere ganze Provinz hinter ihm. Aber inzwischen ist er schon von diesem Versprechen abgerückt. Wer soll das bezahlen? sagte er. Du solltest jetzt mal Maria Soledad sehen: eine Geisterstadt. Die paar Leute dort schleichen mit eingezogenen Köpfen herum. Ich bin vor einem halben Jahr mal draußen gewesen, hab mir die fertigen Rollbahnen angeschaut. Trostlos, sag ich dir. Betonbänder bis zum Horizont, aber voller Sprünge, und die Krusten an den Bruchstellen haben sich schon übereinandergeschoben. Ja wirklich, du hast Pech gehabt. Hätten sie mit dem Kahlschlag zuerst auf der anderen Seite angefangen, dann hättest du es vielleicht noch geschafft, dein Land zu retten. Na ja, wer weiß, ob du dich trotzdem dort hättest halten können, wo doch auf dieser ganzen Fläche das Grundwasser so gesunken ist. Ein Garten hat ja nur einen Sinn, wenn was drin wächst, nicht wahr?«

Benommen, mit blankgeschorenem Schädel und sauber rasiertem Kinn, kehrte Ramon Acosta in seine Zelle zurück. In dieser Nacht schlief er nicht, und zum ersten Mal seit so langer Zeit begannen sich wieder Gedanken in ihm zu rühren. Er erinnerte sich mit klarem Bewußtsein an seinen Garten, an die Hütte, an das Yuccafeld, das Maisfeld, das Bohnenbeet, den Kürbishügel. Gegen Morgen kletterte er auf seine Pritsche, packte die Gitterstäbe und zog sich daran hoch. Er konnte nicht hinunterschauen auf die Innenstadt, aber er sah in der Ferne die Hütten am Stadtrand, er konnte sogar einen Teil der Zuckerfabrik erkennen, und dahinter den Horizont: den riesigen Wald, der, wie er vermutete, die halbe Welt bedeckte. Aber diesem Wald fehlte ein Teil, ein winziger Teil, verglichen mit der Fläche, die er insgesamt bedeckte. Nur: Dort eben lag das kreisrunde Stück Land, das ihm, Ramon Acosta, bis hinunter zum Mittelpunkt der Erde noch immer gehörte.

Den Wärtern fiel auf, daß Ramon Acosta laut redete.

»Na endlich«, sagten sie beruhigt.

Zu Beginn des fünften Jahres seiner Gefangenschaft wurde ihm die Einzelhaft erlassen. Er wurde in einen Saal verlegt, in dem sich in jeder Ecke zwei Pritschen übereinander befanden: Platz für acht Gefangene. Aber der Saal war überfüllt. Zwölf Männer hausten darin, und Ramon Acosta war der dreizehnte. Sie empfingen ihn mit Gejohl, als er von einem Wärter hereingeschoben wurde, und versuchten ihn auszufragen. Aber er gab keine Antwort.

Als er auch hier mit seinen endlosen Rundgängen begann, bildeten alle zwölf Zellengenossen eine Front gegen ihn. Und als sie ihn hindern wollten, geriet er in Raserei. Er packte den halbvollen Abort-Zinkkübel und wuchtete ihn einem Mestizen, der sich ihm in den Weg gestellt hatte, über den Kopf. Die stinkende Brühe spritzte durch den ganzen Raum, und der Mann sackte bewußtlos zusammen. Die übrigen Zellenbewohner warfen sich auf Ramon Acosta und schlugen ihn zusammen.

Nach ein paar Wochen im Gefängnislazarett wurde er wieder in eine Einzelzelle im obersten Stockwerk gesteckt. Dort blieb er noch einmal vier Jahre. Abend für Abend hing er eine kurze Weile – so lange, wie es ihm die Kraft seiner Arme erlaubte – an den Gitterstäben des Fensters und verschlang die rotgoldene, manchmal dunstige, manchmal sehr klare Weite mit den Augen.

Fast auf den Tag genau acht Jahre nach seiner Verurteilung, nachdem abermals ein Staatsstreich einen Präsidentenwechsel bewirkt hatte, begann der große Rio Lágrimas wieder einmal bedrohlich zu steigen. Über seinen Quell- und Nebenflüssen waren ungeheure Wolkenbrüche niedergegangen, und schon kamen zahlreiche Boote und Kähne mit Flüchtlingen von den oberen Flußufern in La Barranca an.

Auch über die Stadt La Barranca und deren Umgebung gingen Wolkenbrüche nieder, Folgen schwerer Gewitter, wie man sie seit Jahrzehnten nicht mehr erlebt haben wollte. Der Rio Lágrimas stieg weiter, schob seine Fluten in die Mündungen der Nebenflüsse, die ebenfalls über die Ufer traten, und nahm die ganze Innenstadt in Besitz. Die Bewohner der einstöckigen Häuser und Parterrewohnungen flüchteten sich in die höhergelegenen Stockwerke. Es kam zu Tumulten zwischen Leuten aus den Armenvierteln, deren Hütten unbewohnbar geworden waren, und Polizeieinheiten. Die Obdachlosen versuchten sich mit Gewalt den Zugang zu den mehrstöckigen Büro- und Geschäftshäusern in der Innenstadt zu erkämpfen.

Schließlich spülte das Hochwasser alle Armen der Außenviertel in die Innenstadt und ermunterte sie, die halb unter Wasser stehenden Läden und die Mietwohnungen der Reichen zu plündern. Ein Chaos brach aus. Die Regierung ließ den Notstand für die gesamte Waldprovinz ausrufen.

Das Wasser stieg noch weiter, es stieg über den Sockel des Bolivar-Denkmals bis an die Hufe des Streithengstes, es stieg über die Marmorstufen bis in die Schalterhallen der Banken und überflutete deren Kellertresore. Es stieg an den Bänken des Stadions hoch und drängte die Obdachlosen, die hier unter freiem Himmel kampierten, von Bankreihe zu Bankreihe immer höher hinauf. Die Soldaten der kleinen Garnison desertierten, um ihren Angehörigen beizustehen und ihren bescheidenen Besitz in Sicherheit zu bringen. Auch ein großer Teil der Polizisten blieb dem Dienst fern.

Als die Überschwemmung ihren Höhepunkt erreicht hatte, stürmten ein paar zornige junge Leute, die sich mit Gewalt Waffen aus dem Magazin der Garnison verschafft hatten, das Gefängnis, um ihre Verwandten und Freunde herauszuholen. Sie jagten die wenigen Wärter, die noch auf ihren Posten ausgeharrt hatten, aus den Fenstern und schlugen die Zellentüren ein.
Ramon Acosta hörte das Getöse sich nähern. Er begriff nicht, was auf ihn zukam, und flüchtete sich an die Wand unter dem Oberlicht, als die Tür unter einer Axt splitterte und eine Reihe grinsender Gesichter sichtbar wurde.
»Komm raus, Kamerad, du bist frei«, johlte eine Stimme, »halleluja! Mach dich davon, ehe das Wasser wieder sinkt.«
Der Spuk verschwand, der Lärm wälzte sich zur nächsten Zellentür. Ramon Acosta blieb stehen, bis das Gebrüll auf der Treppe am Ende des Ganges verhallte. Dann wagte er sich an die Tür und reckte seinen Kopf hinaus. Der Gang war leer. Die anderen Häftlinge hatten sich wohl dem Haufen der Befreier angeschlossen. Er begriff, daß er frei war, daß kein unüberbrückbares Hindernis mehr zwischen ihm und seiner Freiheit lag. Er hastete hinaus auf den Korridor und rannte, stolperte, fiel die endlos sich windende Eisentreppe hinunter, die in Wasser und Rauch verschwand.

Sechzehntes Kapitel

Ramon Acosta kehrte heim. Im Gefängnishof, der unter Wasser stand, sah er eine große Holztür treiben. Er benutzte sie als Floß und stakte auf ihr quer durch die von Plünderern heimgesuchte Stadt. Er plünderte sich selber zusammen, was er für sein Leben in MI LIBERTAD brauchte: Kleidung, Geräte, Lebensmittel, Feuerzeug, einen Rucksack, eine Hängematte, Gewehr und Munition.
Das Floß brachte ihn bis an die Straße nach Maria Soledad. Sie war in jämmerlichem Zustand: gewellt, aufgeworfen, schon halb zerfallen und teilweise von Gras überwuchert. Im Gefängnis war er stundenlang gewandert, im Kreis gegangen, er konnte noch gehen, o ja, aber die Last machte ihm zu schaffen. Mitten in der Nacht erreichte er mühsam das ebenfalls überschwemmte Dorf, stahl dort ein Boot und drang damit flußaufwärts bis zu den drei Hütten vor, bei denen einmal der Pfad zu seinem Garten vom Ufer abgebogen war und in den Wald hineingeführt hatte. Dort begann er die Suche nach MI LIBERTAD.
Er wanderte über Asphalt und Beton, zuweilen auch über Stücke unbefestigter Erde, die der Regen in Morast verwandelt hatte. Er wußte, daß er für den Weg nur einen Bruchteil der früher benötigten Zeit brauchen würde, ebenso, wie er diesmal nur ein paar Stunden für den Marsch von La Barranca bis zum Fluß gebraucht hatte. Ohne den Wald war die Landschaft zusammengeschrumpft. Er wanderte geradeaus. Er besaß keinen Kompaß und konnte sich

nur am Stand der Sonne und an der fernen Begrenzung der kahlgeschlagenen Fläche orientieren. Aber als sich der Himmel wieder bewölkte und der Horizont sich in Dunst verbarg, verlor er die Richtung.

Drei Tage lang suchte er das Flugplatzgelände ab. Am ersten Tag irrte er in Nebel und Regen umher, am zweiten unter ziehenden Wolken und Gewitterschauern, danach in Sonne und Schwüle. Die kahle Ebene dampfte und begann zu trocknen, das Hochwasser ging zurück. Die Erde, die nicht mit Beton oder Asphalt überzogen war, verkrustete. Samenkeime, die im Morast der Regentage aufgegangen waren, verdorrten nun. Am dritten Tag wich die Schwüle, die Luft wurde trocken und sehr heiß.

Ramon Acosta trottete über die Ebene dahin, beladen mit seinem Gepäck, zerschlagen von den Nächten auf hartem Boden. Denn hier ragte noch kein Stamm auf, der so stark gewesen wäre, daß er das Gewicht der Hängematte hätte tragen können. Leicht vorgebeugt, den Blick auf den Erdboden geheftet, zog er in konzentrischen Kreisen Runde um Runde und suchte das Gelände nach Spuren seines Gartens ab. Er wußte selber nicht, nach welchen Spuren er suchte. Aber er suchte und gönnte sich kaum Zeit, seinen Rucksack zu öffnen und ein paar Bissen von seinem Proviant herunterzuwürgen.

Am Abend des dritten Tages blieb sein Blick an einem unscheinbaren Bäumchen hängen, das ihm kaum bis zur Schulter reichte. Es wuchs mitten aus dem Asphalt, den es durchstoßen hatte. Es war ein junger Tamaibabaum.

Ramon Acosta blieb wie gebannt vor ihm stehen und starrte ihn an. Behutsam, ganz behutsam strich er ihm über die zarten, gefiederten Blätter, und dann warf er sich vor ihm auf den Asphalt und weinte wie ein Kind.

Eine Weile später war er schon dabei, mit der Hacke die Asphaltdecke rings um das Bäumchen aufzubrechen. Er arbeitete, bis die Dunkelheit ihn zwang aufzuhören.

Langsam verlief sich das Hochwasser. In La Barranca, Maria Soledad und den anderen Ortschaften an den Ufern des Rio Lágrimas und seiner Nebenflüsse normalisierte sich die Lage. Aber an den Mauern und Hauswänden blieben die Pegelmarken, die das Wasser hinterlassen hatte. La Barranca hatte den Glanz des kometenhaften Aufstiegs verloren. Auf Besucher wirkte die Stadt vergammelt, und in der Hauptstadt pflegte man zu sagen: »La Barranca? Dort schimmelt's!«

Nach den geflohenen Gefangenen aus dem zerstörten Gefängnis suchte niemand. Es gab jetzt Wichtigeres zu tun. Und wo hätte man die wieder eingefangenen Verbrecher auch unterbringen sollen?

So blieb Ramon Acosta unbehelligt. Die wenigen Leute, die ihm jetzt am nächsten wohnten, waren andere als zur Zeit des Straßen- und Flugplatzbaues. Sie kannten ihn nicht. Niemand kümmerte sich um den einsamen Mann auf der leergeschlagenen Fläche, die zu einer hitzeflimmernden Wüste geworden war, auf der nur das zäheste Unkraut überlebte. Die Leute von Maria Soledad nannten sie DAS KAHLE FELD.

Ramon Acosta hatte begriffen, daß Wasser die Voraussetzung für einen neuen Garten war. Die wenigen Güsse während der normalen Regenzeit konnten nicht das ganze Jahr über den von der Sonne ausgedörrten Boden feuchthalten. So begann er, in der Nähe des kleinen Tamaibabaumes einen Brunnen zu graben. Dabei stieß er auf seinen alten Spaten. Der hölzerne Stiel zerfiel ihm in der Hand, und auch das Spatenblatt selbst war zu nichts mehr nütze.

Der Rost hatte es zerfressen. Aber er nahm es beim nächsten Gang mit zum Fluß, reinigte es dort sorgfältig und hob es in einer Ecke seiner Hütte auf, einer zeltförmigen Behausung aus zusammengelesenen Ästen, mit Schilf vom Flußufer gedeckt, so niedrig, daß er sich darin bücken mußte. Vor dem Eingang hatte er einen Herd errichtet.

In den Jahren bis zu seiner ersten Ernte lebte er fast nur von Fleisch. Der Waldsaum war etwa fünfzehnhundert Meter entfernt. Dort erlegte er Leguane: erst mit dem Gewehr, und als alle Munition verbraucht war, mit Steinen. Die Tiere waren nicht scheu, sie huschten nahe an ihm vorbei, wenn er in das Gebüsch am Waldrand eindrang. Er aß das Fleisch, wie es war: ungesalzen. Das Holz zum Kochen brachte er aus dem Wald mit.

Er lebte mit dem Hunger. Er konnte es sich nicht leisten, wählerisch zu sein. Gelang es ihm nicht, einen Leguan zu töten, mußte er sich mit Eidechsen begnügen. Wenn er sie über dem Feuer briet, ließen sie sich, säuberlich ausgenommen, zur Not essen. Manchmal fand er Leguan- oder Vogeleier, und während der Trockenzeit säuberte er die Blütenböden der Disteln, die auf der ganzen großen Fläche verstreut wuchsen, und aß sie zum Fleisch. Aber er haßte sie, denn sie kosteten ihn viel Zeit. Er haßte den Zwang, essen zu müssen, um am Leben zu bleiben. Die Nahrungsbeschaffung war ihm eine Last, und so beschränkte er sie auf das Mindestmaß.

Das Wasser, das er brauchte, mußte er zwei Stunden weit vom Fluß herbeischleppen. Er holte es in alten Zinkeimern, die er auf einem Schrotthaufen der ehemaligen Flugplatzarbeiter am Waldrand entdeckt hatte. Er hatte dort noch mehr gefunden, das er brauchen konnte: eine Tasse ohne Henkel, eine Rolle verrosteten Drahts, zwei verschiedene Stiefel, beide etwas angesengt, der rechte aus Gummi, der

linke aus Leder; einen dritten Eimer aus Zink, den der Rost durchlöchert hatte, Flaschen, leere Konservendosen, Eisenstangen jeder Länge und Stärke, verrostete und verbogene Nägel und Schrauben, Räder, Kurbeln und Maschinenteile, rußgeschwärzt und lehmbeklebt. Jemand mußte wohl einmal vergeblich versucht haben, diesen Müll zu verbrennen. Ramon Acosta hatte alles, was ihm nützlich erschien, aus dem Haufen gewühlt und heimgeschleppt.
Menschen begegnete er kaum, und wenn es einmal geschah, so ging er ihnen aus dem Weg. Eines Tages tauchte ein alter Mann am Flußufer auf, gerade, als er nackt im Wasser stand und sich wusch. Der alte Mann grüßte. Ramon Acosta grüßte mürrisch zurück.
»Ich hab Sie schon zweimal zum Fluß kommen sehen«, sagte der Alte. »Haben Sie sich hier in der Nähe niedergelassen?«
»Ja«, antwortete Ramon Acosta.
Der Alte räusperte sich.
»Haben Sie eine Finca angelegt?« fragte er nach einer Weile.
»Einen Garten«, antwortete Ramon Acosta und bereute im gleichen Augenblick, so viel verraten zu haben.
»Einen Garten?« fragte der Alte erstaunt. »Werden Sie denn davon leben können? Wird er genug einbringen?«
»Es geht mir nicht um den Gewinn«, antwortete Ramon Acosta, »sondern um den Raum.«
»Das verstehe ich nicht«, sagte der Alte nach einer Denkpause.
Als Ramon Acosta keine Anstalten machte zu antworten, sagte der Alte, bevor er weiterging: »Jedenfalls, wenn Sie oder Ihre Frau Samen brauchen – wir haben nämlich auch einen Garten. Meine Frau versteht eine Menge davon. Sie zieht gute Bohnen und Kürbisse. Wir wohnen eine gute Wegstunde flußabwärts. Dort stehen drei Hütten neben-

einander. Die linke, die grün angestrichene, gehört uns. Sie werden uns immer willkommen sein.«
Ramon Acosta grunzte, und noch ehe der Alte aus seinem Blickfeld verschwunden war, hatte er ihn vergessen.
Er haßte diese Gänge zum Fluß. Sie hielten ihn vom Brunnengraben ab. Sie kosteten ihn Zeit! Jeden dritten Tag mußte er frisches Wasser holen und dafür einen halben Tag opfern.
Er sehnte die Güsse der Regenzeit herbei. Aber als sie endlich kamen, verfluchte er sie, denn sie verwandelten die Sohle des Brunnenlochs in Morast, und die Schwüle lähmte seine Kraft. Manchmal narrte ihn das Regenwasser, das zuweilen kniehoch im Loch stand: War er etwa schon auf Wasser gestoßen? Aber nach ein paar niederschlagsfreien Tagen trocknete das Loch wieder aus. Und er sehnte die Trockenzeit herbei.
Das Brunnenloch wurde für Ramon Acosta zum Mittelpunkt der Welt. Langsam, unendlich langsam bohrte sich der einsame Mann in die Erde. Als er so tief gekommen war, daß ihm die Kraft fehlte, das Losgehackte aus dem Loch hinauszuwerfen, zimmerte er sich aus zwei jungen Waldbäumen eine primitive Leiter. Nun konnte er die Erde im löchrigen Zinkeimer an die Oberfläche tragen.
Einmal kamen zwei Reiter an Ramon Acostas Brunnen vorüber. »Hallo«, rief der eine hinunter, »soll das etwa ein Brunnen werden?«
»Was sonst?« antwortete Ramon Acosta finster.
»Mann Gottes«, sagte der zweite Mann und begann zu lachen, »einen ungünstigeren Platz für einen Brunnen konnten Sie wohl im ganzen Tiefland nicht finden, was? Mitten auf dieser brettharten Platte, unter der das Grundwasser bis wer weiß wohin abgesunken ist, fangen Sie an zu graben! Es sollte mich nicht wundern, wenn Sie auf der

anderen Seite unserer Erdkugel wieder zum Vorschein kämen, ohne auch nur einem Tropfen Wasser begegnet zu sein.«
»Kann sein«, antwortete Ramon Acosta.
»Und das alles noch dazu ganz allein, ohne Helfer!« rief der andere. »Selbstmord auf Umwegen.«
»Wenn ich schon hierher verbannt wäre«, sagte der eine, »dann würde ich wenigstens ans Flußufer ziehen. Dort hat man Wasser, ohne erst ein halbes Leben lang danach graben zu müssen. Außerdem bekommt man dort ab und zu ein menschliches Gesicht zu sehen.«
Ramon Acosta ließ ihn reden.
»Also viel Vergnügen weiterhin«, sagte der andere. »Wenn wir wieder mal vorbeikommen, werden wir Blumen auf Ihr Grab legen –«
»Wenn wir hier welche finden«, warf der erste ein.
»Disteln meinte ich«, sagte der andere.
Ramon Acosta hörte sie sich lachend entfernen. Als er mit dem nächsten Eimer voll Lehmerde die Leiter hinaufstieg, sah er sie als winzige Punkte über die Ebene auf den Fluß zureiten.

Ramon Acosta achtete sorgfältig darauf, daß die Brunnenwand kreisrund wurde, und hütete sich, sie mit der Spitzhacke zu verletzen. Nach einem Jahr war er auf vier Meter Tiefe bei dreieinhalb Metern Durchmesser angelangt. Er hatte nicht jeden Tag graben können. Die Gänge zum Fluß, die Regenzeit, die Jagd und manchmal auch die Schwäche hatten ihn aufgehalten. Ein halbes Jahr später hatte er sich noch zwei Meter tiefer gewühlt, am Ende des zweiten Jahres war der Brunnen sieben Meter tief. Je tiefer Ramon kam, um so langsamer ging es voran. Jeder Eimer mußte ja hinaufgetragen werden. Und noch immer zeigte sich keine

Spur von Wasser, wenn auch der Schacht kühler und feuchter wurde. Aber Ramon Acosta dachte nicht daran aufzugeben. Immer wieder träumte er den gleichen Traum: daß er in die Erde biß, den ganzen Mund voll Erde schlug und sie hinaufspie in die kreisrunde Scheibe Himmelsbläue. Und jedesmal, wenn es regnete, narrte ihn die Hoffnung. Dann stand er im Brunnenschacht manchmal bis zur halben Schenkelhöhe im Wasser, das von oben eingedrungen war, langsam versickerte und verdunstete und nichts als schmierige Klumpen zurückließ.

Als das dritte Jahr vorüber war, hatte Ramon Acosta eine Tiefe von neun Metern erreicht. Am Ende des vierten Jahres endlich stieß er in einer Tiefe von zehneinhalb Metern auf das erste Grundwasser. Aber es kostete ihn noch ein weiteres halbes Jahr verzweifelter Arbeit, bis er sich auf zwölf Meter hinabgewühlt hatte und sicher sein konnte, daß ihm das Brunnenwasser nicht so leicht ausgehen würde.

Viereinhalb Jahre lang hatte Ramon Acosta mehr Zeit unter als über der Erde verbracht. Jetzt kehrte er, längst schon weißhaarig, wieder an die Oberfläche zurück, eine hohläugige, bleiche, hagere Gestalt, die vornübergebeugt das Loch umkreiste. Dreimal hatte er in dieser Zeit eine neue Leiter zimmern müssen, jedesmal eine längere. Nach diesen Leitern teilte er in seiner Erinnerung die Jahre des Brunnengrabens ein. Jede andere Zeitrechnung hatte er versäumt, hatte sie als unwesentlich beiseite geschoben. Er wußte nicht einmal mehr, wie alt er war.

Aber er hatte eine sehr genaue Vorstellung von seinem neuen Garten. Er zog die letzte Leiter aus dem Schacht und ging daran, eine Hütte genau über den Brunnen zu bauen, um ihn zu schützen, denn der Brunnen war das Herz seines künftigen Gartens.

So schleppte er tagelang Holz vom Wald herüber und rammte im Kreis Pfahl neben Pfahl in den festgestampften Aushub. Zwischen die Pfähle flocht er ein Gitter von Bambusruten. Am Waldrand wucherte Bambus im Überfluß, er diente Ramon Acosta auch zum Bau des kegelförmigen Dachstuhls und zu einer Art Geländer rings um den Brunnenschacht.

Es wurde eine schöne Hütte, noch größer als jene im ersten Garten, noch ebenmäßiger gebaut, mit Schilf gedeckt. Aus dem Brunnenschacht in der Mitte ihres Rundraums stieg angenehme Kühle. Über eine Art Flaschenzug holte Ramon Acosta mit dem Eimer das Wasser aus der Tiefe.

Nur ein paar Schritte vor dem Hütteneingang stand der junge Tamaibabaum und entfaltete eine üppige Krone. Ramon Acosta hatte ihm während der Trockenzeit der vier Anfangsjahre immer einen Teil des hergeschleppten Wassers zukommen lassen. Und nun, da er jeden Tag ein paar Eimer voll Wasser bekam, gedieh er prächtig.

Am Ende des fünften Jahres war auch der Zaun fertig, der den neuen Garten umschließen sollte. Er war ebenso kräftig und noch höher als der Zaun, den die Maschinen unter sich zermalmt hatten.

Ein Brunnen, eine Hütte, ein Zaun um ein rundes Stück Land, und im Zaun ein Tor aus Planken, die Ramon Acosta aus der Abfallhalde gescharrt hatte: Die neue Freiheit war fast vollendet. MI LIBERTAD kratzte er in die Planken ein.

Nun ging er daran, die verkrustete Erde innerhalb des Zauns mit der Spitzhacke aufzulockern und die Schollen mit der Schaufel zu zerkleinern. Einen Spaten besaß er nicht, und der Boden seines Gartens war nicht nur steinhart, sondern auch tot. Kaum rührten sich in ihm ein paar Unkrautwurzeln, ein paar grüne Keime. Aber das sollte anders werden.

Der alte Mann fiel ihm ein, der ihm vor langer Zeit Samen angeboten hatte. So machte er sich eines Morgens mit seinem leeren Rucksack auf den Weg. Er fand die drei Hütten am Fluß. Zuerst beobachtete er sie aus der Ferne. Aber er sah nur Frauen und Kinder vor den Türen. Hier hielt sich wohl niemand auf, der ihn von früher kannte.
Trotzdem zögerte er, sich der linken, der grüngestrichenen Hütte zu nähern. Er hatte ja weder Geld noch Tauschgut anzubieten. Hier auf dem Land konnte jeder selber Leguaneier und Liebessamen sammeln. Und seit seiner Rückkehr war er auch keiner Boa mehr begegnet, deren Haut er hätte in Zahlung geben können.
Die Tür der grünen Hütte öffnete ihm eine alte Frau. Der Alte, den Ramon Acosta kannte, schaute ihr über die Schulter. Er hatte Mühe, sich an ihn zu erinnern, aber dann freute er sich und übertrug die Freude auf seine Frau. Sie bewirteten Ramon Acosta und zeigten ihm stolz ihren Besitz: Hütte, Garten, Feld und Ziegenpferch. O ja, Bohnen und Kürbiskerne zum Säen könne er haben, soviel er wolle, und auch Maiskörner. Ob er auch Sonnenblumenkerne wolle? Und Orangen- und Mangobäumchen?
»Aber ich habe kein Geld«, sagte Ramon Acosta. »Ich kann das alles nicht bezahlen. Entweder ihr schenkt es mir, oder ich muß es euch rauben, weil ich es dringend brauche.«
»Dann würde ich vorziehen, Ihnen die Samen zu schenken«, antwortete der Alte ruhig. »Aber vielleicht wäre Ihnen das unangenehm. Unser Dach ist nicht regendicht, aber ich wage mich nicht mehr allein hinauf, um es mit frischem Schilf zu decken. Vor unserem Garten wächst Schilf in Menge. Machen Sie unser Dach dicht, dann haben Sie damit den Samen bezahlt und alles, was wir Ihnen sonst noch mitgeben werden.«

Ramon Acosta deckte den Leuten das Dach und kehrte nicht nur mit Samen und Pflanzen, sondern auch mit einem großen Ziegenkäse, einem Tütchen Salz, einer Schachtel Streichhölzer und einem geflickten Hemd heim. Und den Bart hatte ihm die Alte auch gestutzt.
Als er sich schon ein Stück von der Hütte entfernt hatte, kam ihm der alte Mann nachgelaufen und brachte ihm einen abgeschabten Filzhut mit einer breiten Krempe.
»Meine Frau schickt ihn«, keuchte er. »Sie sagt, ich brauche ihn ja doch nicht mehr, aber Ihnen könne er vielleicht das Leben retten. Wo Sie jetzt doch jeden Tag unter der prallen Sonne arbeiten.«
Ramon Acosta nahm ihn und setzte ihn auf. Er paßte. Er dankte kurz und ging. Der Alte blieb stehen und schaute ihm nach.

Ramon Acosta säte, pflanzte, häufelte und goß. Er goß jeden Abend. Täglich zog er zwanzig bis dreißig Eimer Wasser aus dem Brunnen und schleppte sie in den Garten, von dem bisher nur die knappe Hälfte bestellt war. Er konnte die Ernte kaum erwarten. Täglich beugte er sich über die Beete und prüfte Saat und junge Pflanzen.
Aber es wollte alles nicht so recht wachsen, ließ die Blätter hängen, vergilbte, welkte. Ein großer Teil der Saat kam gar nicht erst ans Licht, und was sich sehen ließ, blieb kümmerlich. Nicht einmal das Unkraut gedieh.
Die erste Ernte wurde eine Enttäuschung. Die Bohnen waren kaum zwei Handspannen hoch an den Stangen emporgerankt. Die Kürbispflanzen hatten nur sehr wenige Blüten angesetzt und breiteten sich nicht aus, ihre Blätter blieben klein und verdorrten an den Rändern. Und das kleine Maisfeld neben dem Tor kümmerte mit winzigen Kolben kniehoch dahin.

»Sie müssen viel mehr gießen«, sagte die Alte, als er sich noch einmal Samen und Pflanzen bei ihr holte und dafür den Zaun ausbesserte. »Das ganze kahle Feld saugt das bißchen Wasser auf, das in Ihren Garten fließt, und ein guter Teil verdampft schon, wenn es auf die heiße Kruste kommt.«

Er kehrte mit neuen Hoffnungen heim und säte und pflanzte. Kaum hatte er Pflanzen und Samen in der Erde, begann er zu gießen. Er versuchte jetzt die Beete ständig feuchtzuhalten. Ihm blieb kaum noch Zeit, sich eine Mahlzeit zu bereiten oder sich im Wald einen Leguan zu holen. Jeden Morgen goß er nun bis zum halben Vormittag, und im halben Nachmittag begann er wieder zu gießen. Er goß bis in den Abend hinein, immer rundherum, ein Beet nach dem anderen, bis er wieder bei dem ersten Beet ankam, wo sich bereits die Erde zu einer neuen Kruste verhärtet hatte.

Diesmal keimte fast alles, und die Pflanzen wuchsen, wenn auch nicht so üppig wie ehemals im Wald, und setzten Blüten an. Aber nur wenige Bienen und Schmetterlinge erschienen, und in der Erde zeigte sich kein Wurm. Nur Eidechsen wieselten über die Beete.

Während der Regenzeit konnte Ramon Acosta aufatmen. Alle paar Tage entlud sich über dem kahlen Feld ein mächtiges Gewitter und begoß die Beete so überreichlich, daß die Steige, die sie voneinander abgrenzten, unter Wasser standen. Das geschah fast immer mittags, wenn es am heißesten war. Dann dampfte der Garten, und noch lange, nachdem sich das Gewitter verzogen hatte, hing Nebel über dem kahlen Feld. An solchen gesegneten Tagen erlaubte sich Ramon Acosta gegen Abend einen Pirschgang in den Wald und brachte nicht nur Leguan- und Vogeleier, sondern auch Brennholz für seinen Steinherd heim.

Manchmal, sehr selten, trat er vor sein Tor, blieb stehen und schaute sich um. Er blickte in eine hitzeflimmernde Ebene. Hinter der wabernden Luft zitterte der dunkle Strich des Horizonts, der das kahle Feld umgab: der Wald. Und darüber wölbte sich eine Bläue, die so unbarmherzig glühte, daß er, wenn er hinaufschaute, seine Augen schließen mußte.

Siebzehntes Kapitel

Neun Kürbisse begannen sich zu runden. Ramon Acosta berührte sie manchmal vorsichtig, tastete sie ab, hob sie so behutsam, daß ihre Stengel nicht brachen, einen Fingerbreit von der Erde auf und wog sie in der Hand. Er sehnte sich nach ihrem saftigen Fleisch, nach ihrem Geschmack, nach dem Triumph ihrer Reife.

Eines Tages, als er in den Morgenstunden gerade seine Beete goß, hörte er fremde Geräusche. Ihm fiel erschrokken ein, daß er vergessen hatte, das Tor zu verriegeln. Er schaute auf. Das Tor stand offen, und die beiden Alten vom Fluß steuerten mit triumphierendem Lächeln auf ihn zu.

»Das haben Sie nicht erwartet, nicht wahr?« rief der Mann. »Aber wir haben den Weg geschafft. Jetzt in der Morgenkühle läßt sich das kahle Feld noch überqueren. Wir sind vor Sonnenaufgang fortgewandert. Merkwürdig sieht Ihr Zaun von weitem aus. Wie ein Fort. Wie ein Fort gegen die Rothäute. Ich weiß da Bescheid. Wenn ich nach Maria Soledad komme, gehe ich jedesmal ins Kino. Ja, so sieht Ihr Gartenzaun von weitem aus, wirklich. Kilometerweit nichts als leere Ebene, und dann plötzlich das. Man muß darauf zugehen, ob man will oder nicht, weil ringsherum nichts anderes da ist. Und dann will man ja auch wissen, was der Zaun umschließt. Das spitze Hüttendach verrät einem auch nicht viel. Man wird richtig neugierig.«

Sie stellten ihre Körbe ab und schauten sich um.

»Sehen Sie, es lag am Gießen«, sagte die Alte. »Jetzt gedeiht

es ja schon viel besser. Es wird noch keine großartige Ernte werden, das läßt sich schon voraussagen, aber Sie werden immerhin einiges ernten. Wo ist Ihr Herd?«
Aber da hatte sie ihn auch schon selber entdeckt und schleppte ihre Körbe hin.
»Ich werde jetzt eine richtige Mahlzeit zubereiten«, sagte sie. »Wir haben alles mitgebracht.«
Und schon machte sie sich an die Arbeit.
»Würden Sie mir einen Eimer Wasser heraufziehen und herbringen?« bat sie.
Ramon Acosta gehorchte ihr in dumpfer Betäubung. Inzwischen umkreiste der Alte die Hütte, betrachtete sie von innen und außen, lobte die Dachkonstruktion, vermißte jedoch eine Tür, die man richtig schließen konnte, und begutachtete den Aufzug über dem Brunnen.
»Eine Pumpe müßten Sie sich beschaffen«, sagte er, »eine Pumpe, die das Wasser aus dem Brunnen pumpt und in den Garten leitet. Sowas soll es geben. Ich habe davon erzählen hören. Gesehen habe ich noch nie so ein Ding, denn wer braucht hier im Waldland schon einen Brunnen, wo fast jedem das Wasser vor dem Haus vorbeifließt?«
»Ja«, rief die Alte vom Herd herüber, der neben der Hütte stand, »eine Pumpe braucht er und eine Frau. Und die Frau hat er fast noch nötiger als eine Pumpe.«
Sie kauerte vor dem Herd und schälte Zwiebeln. Die Schalen fielen in ihren Rock, der von Knie zu Knie durchhing. Auf dem Herd brutzelte Fett in einer Pfanne, die Ramon nicht kannte.
»Hatten Sie jemals eine Frau?« fragte der Alte, aber die Alte unterbrach ihn und sagte: »Egal, ob er eine hatte oder nicht, er braucht jedenfalls eine, die ihm hier den Haushalt führt. Ich wüßte eine. Sie kann kochen und stellt keine Ansprüche. Sie ist Witwe. Sie wird froh sein, wenn sie irgendwo

unterkommt. Gewiß, schön ist sie nicht und auch nicht mehr jung, aber darauf kommt es Ihnen ja auch nicht an, nicht wahr?«

»Vielleicht doch?« unterbrach sie der Alte und zwinkerte Ramon Acosta zu, der mit hängenden Armen und stumm zwischen Hütte und Herd stand. »Wie alt sind Sie, mein Lieber?«

»Laß ihn«, sagte die Alte hastig, »er ist verwirrt. Er hat sich noch nicht erholt von der Überraschung, daß wir tatsächlich gekommen sind. Wir haben uns zuerst nicht hergewagt, wo Sie doch eigentlich nicht wollten, daß wir kommen. Aber wir haben so oft an Sie gedacht und von Ihnen gesprochen und haben uns gefragt, wie es Ihnen wohl mit der Ernte ergangen sein mag, ja, und dann haben wir überlegt, daß es vielleicht nötig ist, einen einsamen Menschen zu *zwingen*, anderen Menschen zu begegnen. Es wurde uns klar, daß sich jemand um Sie kümmern muß, und wenn es kein anderer tut, dann sind wir es, die das tun müssen. Glauben Sie nicht, daß uns diese Pflicht eine Last ist. Wir tun es gern. Dem Alter nach sind Sie zwischen vierzig und fünfzig, jedenfalls haben wir Sie so geschätzt, als wir Sie ohne Bart gesehen haben. Wenn wir je Kinder gehabt hätten, dann wären sie jetzt etwa so alt wie Sie. Wir hätten gern Kinder gehabt. Warum sollten wir Sie nicht als unseren Sohn betrachten? Einen Sohn kann man nicht einfach seinem Schicksal überlassen, so einsam hier draußen –«

»Raus«, sagte Ramon Acosta.

Er sagte es ruhig, fast leise, und beide Alten hörten zuerst nicht, was er sagte.

»Aber so alt ist diese Frau, von der meine Frau sprach, nun auch wieder nicht, daß sie sich nicht mehr schwängern ließe«, beeilte sich der Alte zu sagen. »Und wenn Sie nun eine jüngere haben wollten, würden wir sie vielleicht auch auftreiben können, wenn auch eine mit kleinen Fehlern, denn wer würde schon aus freien Stücken hier herausziehen, wenn's nicht gerade eine Madonna wäre?«

»Raus!« rief Ramon Acosta, und sein Gesicht wurde sehr bleich.

»Was meint er?« fragte die Alte den Alten verwirrt.

»Raus, sagte er«, antwortete der Alte bestürzt. »Er will, daß wir fortgehen –«

»Verstehst du das?« stammelte die Alte.

»Haben wir Ihnen etwas angetan?« fragte der Alte kläglich und hob die Hände.

»Ja«, brüllte Ramon Acosta und zitterte am ganzen Körper, »ihr habt mir etwas angetan, ihr seid mir zu nahe gekommen, ihr seid gegen meinen Willen in meinen Garten eingedrungen und habt nichts im Sinn, als mich in Besitz zu nehmen, ja, als mich in eure Gewalt zu bringen!«

»Was sprechen Sie da?« rief der Alte entsetzt. »Wie könnten wir Sie in unsere Gewalt bringen? Sie sind stärker als wir beide zusammen!«

»Wir wollten Sie doch lieben, sozusagen als unseren Sohn«, jammerte die Alte und wischte sich mit dem Rock über die Augen. Ramon Acosta ergriff die Pfanne am Stiel und schleuderte das brutzelnde Fett in weitem Bogen über ein leeres Beet. Dann warf er die Pfanne über den Zaun.

»Ich will kein Sohn sein«, sagte er und preßte seine Hände in äußerster Beherrschung ineinander. »Laßt mich in Ruhe. Versucht nicht einzudringen. Ich bin zu euch gekommen, weil ich dachte, ihr haltet Abstand. Aber jetzt seid ihr doch hier und bedrängt mich. Geht. Geht schnell fort und nehmt alles wieder mit, was ihr hergebracht habt. Ich will nichts, ich habe alles, was ich brauche. Kommt nie wieder, hört ihr? Nie wieder!«

Damit schob er den Alten, der wie angewurzelt stand, an den Schultern zum Tor hinaus. Schluchzend folgte ihm die Alte. Sie hielt noch Zwiebel und Küchenmesser in der Hand. Ramon Acosta trug ihnen auch die beiden Körbe vor das Tor und stellte sie vor ihren Füßen ab. Da standen sie, die beiden Alten, starrten ihm nach und stammelten Entschuldigungen und Rechtfertigungen, und der Mann legte seinen Arm um den krummen Rücken der Frau. Aber Ramon Acosta schlug das Tor vor ihnen zu und verriegelte es. Er hörte, wie die Alte draußen weinte, wie der Alte auf sie einredete und sie zu trösten versuchte.
Dann wurde es jenseits des Zaunes still. Er lauschte den schlurfenden Schritten nach und meinte sich zu erinnern, daß er schon einmal eine ähnliche Szene erlebt hatte.
Er verdrängte sie und machte sich wieder daran, seinen Garten zu gießen. Er war aufgehalten worden. Es fehlten ihm noch zwei Dutzend volle Eimer für diesen Vormittag.

Der Mais stand gut. Das ganze kleine Feld war bedeckt von sauberen grünen Reihen, zwischen denen sich nur hier und dort Unkraut regte, kaum der Rede wert. Er blühte, er setzte Kolben an. Mit ihnen ließ sich kein Staat machen, aber immerhin trugen sie so viele Körner, daß Ramon Acosta nach langer Zeit wieder Maisschrotsuppe essen konnte. Die Körner zerrieb er zwischen zwei Steinen. Diese Arbeit erinnerte ihn an Olinda. Von der Maisernte zweigte er für die nächste Saat so viele Körner ab, daß sie für ein etwa doppelt so großes Maisfeld reichen mußten.
Auch die Bohnen trugen diesmal üppiger. Ramon Acosta konnte eine ganze Anzahl leerer Büchsen damit füllen. Im kommenden Jahr wollte er von dem Rest Brachland noch zwei oder drei Beete für eine größere Bohnensaat abtrennen.

Mit Freude erfüllten ihn die Kürbisse. Alle neun Kürbisse waren reif geworden. Drei von ihnen hatten zwar nur die Größe einer Männerfaust erreicht, aber der größte war immerhin vier Handspannen dick – eine lächerliche Größe, wenn er sich an den Kürbisgott auf seinem Dach erinnerte, aber ein Wunder, verglichen mit den verdorrten Pflanzen im vergangenen Jahr.

O ja, es ging voran, auch die Yucca gedieh, und die Zwiebeln rundeten sich. Die jungen Orangen- und Mangobäumchen, die ihm die Alte aus dem eigenen Garten abgegeben hatte, sandten Wurzeln aus und setzten neue Triebe an, und der Tamaibabaum reichte jetzt schon fast bis über das Dach. Nur das Zuckerrohr war nicht gekommen. Es mochte hier nicht gedeihen, und Ramon Acosta verzichtete darauf, es mit ihm noch einmal zu versuchen.

Im darauffolgenden Jahr blieb in Ramon Acostas Garten kaum noch Brachland übrig. Um so mehr Beete gab es zu begießen. Er mußte jetzt auch oft über Mittag Wasser schleppen. Am Waldrand hatte er hohe Büsche ausgegraben und sie als Schattenspender zwischen die Beete gepflanzt, aber sie wollten hier unter der sengenden Sonne nicht gedeihen. Ihnen fehlte die grüne Dämmerung der Waldbäume. Sie ließen die Blätter hängen und verdorrten, obwohl er sie begoß und umsorgte.

Rundherum, rundherum, jeden Tag, wenn es nicht regnete – und es regnete nicht oft. Das war sein Leben. Seine alte Hose war längst zerfetzt. Er trug jetzt wieder die Sträflingshose, die letzte Hose, die ihm noch geblieben war. Er trug sie ohne Angst. Auch Stiefel besaß er nicht mehr. Er ging barfuß. Seine Fußsohlen waren hart geworden. Nur selten verletzte er sich. Seine Hängematte zerschliß. Sie ließ sich nicht mehr flicken. So schlief er wieder auf dem Hüttenboden. Nachts stand er einige Male auf, um die Glut im

Steinherd neu anzufachen. Denn er hatte weder Benzin noch Streichhölzer.
Sein Gewehr war längst unbrauchbar geworden. Er wußte es nicht. Es bot sich ihm nie eine Gelegenheit, es zu benutzen, weil er keine Munition mehr besaß.
Er sprach mit seinen Pflanzen.
»Nun komm schon, komm«, sagte er zu einer Bohne, die, emporrankend, hinter den anderen zurückblieb. Und: »Ja, bläh dich auf, Dicker«, zu einem Kürbis, der, allen anderen voran, zu einer stattlichen Größe anschwoll. Und er ächzte über dem Maisfeld: »Ihr saugt mich noch aus, ihr Burschen, ja wahrhaftig, ihr saugt mich noch aus –«
Aber sein Schweiß hatte sich gelohnt. Im nächsten Jahr stand der Garten prächtig. Übermannshoch ragte der Mais, über zwanzig Kürbisse schimmerten wie kleine Hügel gelb und orangefarben aus dem Laub, und von den spitz zusammengelegten Stangen hingen ganze Trauben von Bohnenhülsen wie grüne Sichelmonde. Sogar das Unkraut begann sich zwischen den Pflanzenreihen und rund um die jungen Obstbäume breitzumachen. Und der Tamaibabaum überschattete den Eingang zur Hütte mit breitgefächerten Ästen. Vögel fanden sich in ihm ein, nisteten in den Orangenbäumchen, Grillen füllten den Garten mit ihrem Gezirp, Schmetterlinge gaukelten um die Mangos, ja in die Hütte hinein, und als der Tamaibabaum blühte, umsummten ihn unzählige Bienen, die den Duft weit über das kahle Feld wahrgenommen hatten. Ramon Acosta begegnete den ersten Ameisen, die seinen Garten gefunden hatten, und einer Kette haariger Raupen. Eine Spitzmaus im Maisfeld versetzte ihn in Hochstimmung, die nicht einmal dadurch verging, daß ihn fast eine Schlange biß. Jetzt war wieder Leben im Garten!
Die wenigen Wanderer oder Reiter, die müde und ver-

schwitzt über die graugelbe, leere Ebene zogen und von dem dunklen Punkt in der Eintönigkeit angezogen worden waren, spähten ungläubig durch das Zaungeflecht auf das üppige Gewucher, das saftige Grün im Innern des Gartens und glaubten an Zauberei. Wurde hier ein Wunderdünger ausprobiert? Fiel hier ein geheimnisvoller Regen? Aber wenn jemand von ihnen ans Tor klopfte oder durch den Zaun rief, antwortete Ramon Acosta gereizt: »Bleibt weg! Geht weiter!«

Gerade, als der Garten am schönsten stand, glaubte er eines Tages jenseits des Zaunes ein Geräusch zu hören. Vorsichtig entriegelte er das Tor und spähte hinaus. Vor ihm lag die leere Fläche, über der die Hitze waberte.
Schon wollte er das Tor wieder schließen, verwundert, daß ihn sein durch die Einsamkeit geschärftes Gehör genarrt hatte, als er jemanden atmen hörte. Da entdeckte er neben dem Tor, gegen die Außenseite des Zaunes gelehnt, eine Gestalt. Es war eine kleine, magere Frau in einem violetten, von der Sonne ausgeblichenen Kleid, dessen Saum franste. Sie trug nur ein paar abgewetzte Segeltuchschuhe ohne Absätze und hatte außer einem Täschchen kein Gepäck bei sich. Sie kauerte auf der Erde und hatte ihre mageren Beine dicht an den Leib gezogen. Über ihr grausträhniges Haar hatte sie ein geblümtes Taschentuch gebreitet und mit zwei Zipfeln unter dem Kinn zusammengebunden.
Er erkannte sie nicht. Er warf ihr einen feindseligen Blick zu und knurrte: »Hier ist kein Gasthof. Gehen Sie weiter.«
»Ich hab's nur bis hierher geschafft«, antwortete sie müde, »und ich wollte es auch nur bis hierher schaffen. Aber ich will dich nicht stören. Ich hab nur husten müssen, das war alles. Du brauchst dich nicht um mich zu kümmern. Geh nur wieder hinein und mach dein Tor zu.«

Die Stimme erschien ihm vertraut. Er mußte sie schon gehört haben. Aber er wollte sich auf keine Unterhaltung einlassen. Und so schloß er das Tor und schleppte wieder Wasser. Er lauschte noch eine Weile, aber er hörte keine Geräusche mehr von draußen. Da vergaß er die Frau. Sie ging ihn nichts an. Sie war ja außerhalb seines Gartens.
Am Spätnachmittag erinnerte ihn ein violetter Falter, der an ihm vorübertaumelte, an das Kleid der Fremden. War sie vielleicht jene Frau, die die Alte vom Fluß für ihn ins Auge gefaßt hatte?
Bei diesem Gedanken schnaubte er gereizt. Er entriegelte das Tor und spähte hinaus.
Wirklich, da war sie noch immer, aber jetzt erschien sie ihm noch kleiner als vorher. Ganz zusammengesunken saß sie da und hob kaum den Kopf, als er zornig herausstieß: »Ich brauche niemanden. Ich werde allein fertig.«
»Und mit wem schläfst du?« fragte sie tonlos. »Und mit wem sprichst du?«
»Was geht das *Sie* an?« brauste er auf. »Und wie kommen Sie dazu, mich zu duzen?«
Sie lachte. Es war mehr ein Krächzen als ein Lachen, und Ramon Acosta sah, daß sie keine Schneidezähne mehr besaß.
»Gehen Sie«, knurrte er. »Gehen Sie von hier weg, noch heute. Sie stören mich.«
»Ich bin ja nicht im Garten«, antwortete sie matt. »Ich sitze an der Außenseite des Zauns.«
»Aber Sie stören mich trotzdem!«
»Dann geh doch hinein und denk nicht mehr über den Zaun hinaus«, sagte sie. »Ich will ja nichts. Ich verlange nichts. Ich bin nur da, mehr nicht.«
Ramon Acosta schlug das Tor zu und zog sich wieder in seinen Garten zurück. Verbissen schleppte er Wasser, goß

rund um die Hütte und am Zaun entlang. Aber die Frau machte ihn unruhig. Bei Sonnenuntergang trieb es ihn wieder hinaus.
Jetzt saß sie nicht mehr, sondern lag zusammengerollt, mit angezogenen Knien, die Hände in den Zaun gekrallt, und spähte durch das Geflecht.
»Sind Sie immer noch da?« wollte er sie anfahren, aber sie kam ihm zuvor.
»Schön hast du's hier«, seufzte sie. »Der Tamaibabaum duftet bis zu mir heraus. Es ist also wieder ein Paradies geworden. Ich hab gar nicht nach dir zu suchen brauchen. Ich wußte ja, daß du nur zu deinem alten Garten zurückgekehrt sein konntest. MI LIBERTAD. Man bekommt tatsächlich Sehnsucht nach ihm, auch wenn man ihn einmal gehaßt hat. Ein Paradies. Ein schöner Platz zum Sterben. Übrigens wird's einem immer noch schwindlig, wenn man dir zuschaut. Du hast dich nicht geändert, du mußt immer noch im Kreis gehen und wirst von deiner verrückten Freiheitssucht aufgefressen. Du schnappst nach jedem, der dir zu nahe kommt. Deine verdammte Freiheit. Sie hat mich damals endgültig kaputtgemacht, und sie kostet auch dich mehr, als du zahlen kannst, mein Lieber. Sie hat dich in einen Unmenschen verwandelt.«
»Dann bist du Olinda«, sagte Ramon Acosta.
»Nicht mehr lange«, seufzte sie, »gar nicht mehr lange. Ich bin am Ende.«
»Ich hab keine Zeit«, stammelte er bestürzt.
»Ich halte dich nicht auf«, sagte sie gelassen, fast heiter. »Geh nur, laß dich nicht stören.«
Er taumelte zurück in den Garten, warf sich in der Hütte auf den Boden, dorthin, wo er seine Nächte zu verbringen pflegte. Aber er wälzte sich hin und her, lauschte und grübelte und blieb schlaflos.

Es war eine wunderbar kühle, klare Nacht. Die Grillen zirpten noch lange, der Himmel über dem Garten glitzerte vor Sternen, es roch nach Laub und feuchter Erde, und der Tamaibabaum duftete.

In der Morgendämmerung erhob sich Ramon Acosta wie zerschlagen. Er fror in der Kühle, seine Zähne schlugen aufeinander. Er ließ einen Eimer in den Brunnenschacht hinab, leierte ihn voll wieder herauf, nahm die feine weiße goldgerandete Tasse ohne Henkel, die er einmal auf dem Müllplatz am Waldrand gefunden hatte, und füllte sie mit Wasser. Dann trug er sie vorsichtig zum Tor und öffnete es.

Da lag Olinda noch immer mit den Händen im Geflecht, das Gesicht dicht am Zaun. Aber sie hatte sich lang ausgestreckt. Fast stolperte er über ihre Füße. Ihre Augen waren weit geöffnet. Sie starrten in den Garten.

Er beugte sich über sie und reichte ihr das Wasser hinunter. Aber sie streckte ihre Hände nicht nach der Tasse aus, obwohl sie doch Durst haben mußte. Das wunderte ihn.

»Olinda«, flüsterte er.

Sie bewegte sich nicht. Sie bewegte nicht einmal ihre Pupillen. Die Erkenntnis, daß sie tot war, traf ihn wie ein Messer. Er floh in seinen Garten und warf das Tor zu. Er hastete in die Hütte und starrte in den Brunnen. Darauf fing er verzweifelt an zu gießen. Aber eine Stunde später, als die Mücken zu schwärmen begannen, griff er zur Spitzhacke und hob unter dem Tamaibabaum eine Grube aus. Er brauchte so viel Zeit, Olinda zu begraben, daß ihm währenddessen die Kürbisse, die am unersättlichsten waren, fast verdorrten.

Achtzehntes Kapitel

Von da an unterhielt er sich oft mit dem Brunnen. Er beugte sich über das Geländer und sprach in die feuchte und dunkle Tiefe hinab. Ein dumpfes Echo tönte zurück, Kühle strömte empor. Während er die Eimer hinabließ und heraufleierte, fragte und antwortete er. Ein Mann aus Maria Soledad, der am Zaun vorbeikam und ihn im Innern sprechen hörte, erzählte später im Dorf, der Brunnengräber vom kahlen Feld sei nun nicht mehr allein. Er habe sich wohl mit jemandem zusammengetan, der Einsamkeit wegen. Das fanden die Dörfler verständlich. In ihren Augen erschien ihnen nun dieser merkwürdige Mann menschlicher.

Eine solche Üppigkeit wie in Olindas Todesjahr erreichte Ramon Acostas Garten nie wieder.

Das lag nicht an ihm. Er schleppte weiter unermüdlich Wasser vom Brunnen auf die Beete, immer rundherum. Aber zwei Jahre nacheinander wurde das Tiefland von einer Dürre heimgesucht, wie sie die Waldprovinz schon lange nicht mehr erlebt hatte. Sie trocknete die Bäche und kleinen Flüsse aus und verwandelte die größeren Flüsse in Rinnsale, die Seen in Moraste. Der Pegelstand des Rio Lágrimas sank so stark, daß nur noch Einbäume und flache Kähne darauf zu verkehren wagten. Ganze Zuckerrohrfelder vertrockneten an den Ufern des gewaltigen Stromes, Obstbäume gingen ein, das Vieh verdurstete auf den verdorrten Weideflächen. Die Stadt La Barranca kämpfte mit dem

Wassermangel. Als im zweiten Jahr der Dürre kein Wasser mehr aus den Hähnen La Barrancas lief, sondern nur noch mit Tankwagen an die Bevölkerung verteilt werden konnte oder aus dem Fluß geschöpft werden mußte, wurde in der Waldprovinz der Notstand ausgerufen. Mehrere Male während dieser Monate wüteten verheerende Feuer in der Stadt. Sie konnten nicht gelöscht werden, weil es so gut wie kein Wasser gab. Seuchen brachen aus. In der Waldprovinz gab es zahlreiche Typhustote. Die reicheren Bürger brachten ihre Familien in Sicherheit: Nur fort aus dem Waldgebiet, nach Möglichkeit in die Hauptstadt!

Ramon Acosta erfuhr von dem allem nichts. Er vermißte nur die Regenfälle, die ihm bisher beigestanden hatten. Die ganze Regenzeit brachte nur noch ein paar armselige Güsse zustande, die höchstens die oberste Staubschicht des kahlen Feldes feuchteten. Ein paar Tage lang lag Rauch über der Ebene, denn der südöstliche Waldrand brannte vom Flußufer her, bis das Feuer im feuchteren Innern des Waldes erstickte.

Ramon Acosta säte und goß und bat den Brunnen um Beistand. Und wirklich blieb – abgesehen vom Waldinneren – sein Garten eine der wenigen saftiggrünen Oasen im ganzen Distrikt. Seine nächste Ernte stand der vergangenen nur knapp nach. Allerdings hatte er sie nur mit dem Einsatz seiner äußersten Kräfte erzwungen. Er hatte gegossen, bis er in der Dunkelheit über die Pflanzen gestolpert war, und bei der ersten Morgendämmerung hatte er wieder mit dem Gießen begonnen. Er nahm sich kaum mehr Zeit zum Kochen. Das wenige Unkraut, das auf den Beeten wuchs, ließ er wachsen, wie es wollte. In der Hütte machten sich Spinnen und Fledermäuse breit. Das Dachgestühl verschwand unter einem Vorhang von Spinnweben, und wenn sich Ramon Acosta in der Morgen- oder Abenddämmerung schlaftrunken die Kurbel leiernd über den Brunnenschacht beugte, umsegelten ihn lautlose Schemen. Ächzend versuchte er sich dann aufzurichten, versuchte diese Schatten zu orten, um sie bannen zu können. Aber schon klatschte der leere Eimer unten auf, sank, füllte sich, wollte heraufgezogen werden. Die Fledermäuse konnten warten, der Garten konnte es nicht.

Manchmal träumte Ramon Acosta von einer Pumpe, die jeden Wassereimer überflüssig machte. In seiner Jugend hatte er einmal eine solche Pumpe im Kino gesehen. Sie hatte ihn sehr beeindruckt. Man brauchte nur immer um den Brunnenschacht zu wandern und dabei eine lange Stange, die zu einer Achse im Mittelpunkt der Brunnenröhre führte, vor sich herzuschieben. Die Stange drehte ein Rad, das Rad drehte andere Räder, Schöpfräder – auf geheimnisvolle Art wurde das Wasser aus dem Brunnen herausbefördert, auf Rinnen, die zu den Beeten führten und sich jederzeit verlegen ließen.

Aber von einer solchen Pumpe zu träumen, war unnütz. Er konnte sie weder kaufen noch rauben noch selber bauen. Trotzdem ließ sich der Traum nicht verdrängen. Er beruhigte. Er lullte ein. Ramon Acosta sah sich, während ihm unter der Last der Eimer fast der Rücken brach, gleichmütig summend um den Brunnen trotten, immer rundherum in einem hellgrünen Dämmerlicht, sich gegen die Stange stemmend und sie vor sich herschiebend, während das Wasser gleichmäßig in die Rinne plätscherte und in den Garten floß, der unter dieser Flut prächtig gedieh. Erst die Schwärme von Stechmücken, die sich in der Dürrezeit ungeheuer vermehrten, weckten ihn aus diesem sanften Rausch.

»Habt ihr noch Wasser in eurem Brunnen?« rief ein Leguanjäger einmal erstaunt herüber, als er durch die Ritzen im Zaungeflecht Ramon Acosta Eimer schleppen sah. »Da könnt ihr von Glück reden. Im Fluß gibt es nur noch Schlamm, der fast bis hierherstinkt, und viele Brunnen im Distrikt La Barranca geben nichts mehr her. Auch in Maria Soledad ist das Trinkwasser knapp geworden. Es sollte mich nicht wundern, wenn eines Tages eine Horde durstiger Leute über euren Brunnen herfiele! Wißt ihr übrigens schon, daß auch in Maria Soledad der Typhus umgeht?«

Ramon Acosta antwortete ihm nicht. Aber noch am selben Tag ließ er die Wassereimer stehen und holte Bambusstangen aus dem Wald. Zwei Tage lang zimmerte er an einer festen Tür für seine Hütte, die bisher nur eine türlose Öffnung besessen hatte. Die neue Tür war mit einem mächtigen Riegel, der sich nur auf komplizierte Weise bewegen ließ, fest zu verschließen. Auch das Tor im Zaun verstärkte er.

»Nicht, daß ich an dir zweifle«, rief Ramon Acosta in den Brunnen hinunter. »Aber für alle Fälle –«

Die Unruhe, die die Worte des Leguanjägers in ihm ausgelöst hatten, wich wieder von ihm, als die nächsten Tage und Wochen im alten Rhythmus abliefen. Er säte und erntete. Saat und Ernte flossen ineinander über. Die neue Saat ging verheißungsvoll auf. Die jungen Orangen- und Mangobäume schossen förmlich in die Höhe.

Da spürte Ramon Acosta eines Tages, daß der Eimer, den er in den Brunnen hinabgelassen hatte, irgendwo aufstieß – vermutlich auf dem Grund. Und er kam nicht mehr randvoll oben an.

Ramon Acosta gefror das Blut in den Adern, als er begriff, was das hieß. Er redete auf den Brunnen ein, er beschwor ihn, er spähte in den dunklen Schacht hinab und brüllte:

»Das kannst du doch nicht tun! Du kannst mich doch nicht einfach im Stich lassen! Was wird aus mir und meinem Garten?«
Aus der Tiefe hallte ein dumpfes Echo zurück.
Ramon Acosta faßte sich wieder und vermied es, sich über die letzten Konsequenzen seiner Entdeckung klarzuwerden. Und als seine Gedanken doch immer wieder um den Brunnen kreisten, baute er sich eine verkrampfte Hoffnung auf: Vielleicht war es nur eine vorübergehende Knappheit? Sicher würde sich der Brunnen über Nacht auffüllen, würde wieder unergründlich sein. Ja, der Grund würde sich wieder in die Tiefe zurückziehen, wo er hingehörte, und alles würde zu seiner Ordnung zurückkehren.
Aber am nächsten Tag, als er mit bangem Herzen den Eimer hinabließ, spürte er, wie dessen Boden auf harter Brunnensohle aufsetzte, und als der Eimer wieder oben erschien, fand er in ihm einen Bodensatz aus Schlamm unter dem trüben Wasser, das ihn nur zu drei Vierteln füllte.
»Wer ist es denn, der dich leer macht?« schrie er hinunter in den Brunnen. »Sag's mir, damit ich ihn umbringe!«
Er starrte in das schwarze Loch, das sich konisch nach unten zu verengte. Dann trug er das Schlammwasser hinaus und goß es über seine Kürbisse.
Um die Mittagszeit fiel ein Schwarm großer, struppiger Vögel mit schmutziggrauem Gefieder in den Garten ein und hackte und scharrte in der jungen Saat herum. Sie ließen sich kaum vertreiben. Nur widerwillig flatterten sie auf, als Ramon Acosta mit seinem Haumesser auf sie einschlug. Kaum waren sie mit häßlichem Gekrächz davongestrichen, goß er weiter. Er goß wie gehetzt die ganze Nacht durch.
Am nächsten Morgen wurden die Eimer nur noch halb voll, und die Hälfte von dem, was sie heraufbrachten, war Schlamm.

»Du selber bist es, der sich verschließt«, schrie Ramon Acosta hinunter. »Jetzt ist mir alles klar. Du selber hast dich ausgetrocknet! Warum, zum Teufel, warum? Was hab ich dir getan? Hab ich dich nicht mit meinem Schweiß überhaupt erst geschaffen? Hab ich dir nicht die Rundung gegeben und die Tiefe? Hab ich dich nicht gepflegt und geachtet und geehrt? Hab ich dich nicht mit einem Dach geschützt und einem Geländer versehen? Du bist der Mittelpunkt meiner Hütte und meines Gartens. Genügt dir das nicht?«

In der Nacht begann er zu fiebern. Er sprach im Schlaf, er delirierte. Am Morgen taumelte er zum Brunnen und leierte den Eimer hinunter. Der kam diesmal nur noch zu einem Viertel gefüllt herauf, und was er in sich trug, war alles Schlamm. Als Ramon Acosta das sah, hielt er sich den Eimerrand an den Mund, ließ Schlamm über seine Lippen laufen, bis sein Mund voll war, und spuckte den Schlamm in den Brunnen hinunter.

»Da hast du dein Geschenk zurück!« brüllte er. »Besten Dank!«

Er packte den Eimer, rasend vor Wut, und schleuderte ihn in den Brunnen. Dann torkelte er aus der Hütte und verriegelte die neue Tür sorgfältig.

»So«, keuchte er, »jetzt lasse ich dich allein. Ich werde dir beweisen, daß ich auch ohne dich leben kann. Ich brauch dich nicht. Ich pfeif auf dich. Du bist überflüssig, vollkommen überflüssig. Ich geh an den Fluß. In dem fließt noch Wasser über dem Schlamm, der gibt noch ab, der ist großzügig. Und du bleibst hier, ganz und gar verlassen. Und wenn du mir nachwinselst: Ramon Acosta, warum hast du mich verlassen? Dann werde ich dir nicht antworten, hörst du?«

Er torkelte quer durch den Garten, der vor sich hinzuwel-

ken begann, hinüber zum Tor, öffnete es, schloß es von außen und hastete dann in das kahle Feld hinaus, in die leere Ebene, die in der Vormittagshitze glühte.
Das hohe Fieber ließ ihn nicht weit kommen. Er keuchte, er ächzte, er schleppte sich mühsam über Beton, Asphalt und rissige Erdkruste. Etwa auf halbem Weg zum Fluß brach er zusammen. Seine Gedanken gerieten durcheinander, er wußte nicht mehr, was er hier mitten auf der kahlen Fläche zwischen Disteln und kümmerlichen Bäumchen gesucht hatte. Es trieb ihn heim.
»Ich muß doch gießen«, murmelte er. »Wie konnte ich nur so viel Zeit vergeuden für einen Spaziergang?«
Er raffte sich auf und schaute sich um. In der flimmernden Ferne sah er seinen Garten liegen, das Zentrum dieses schmerzhaft hellen Raumes. Er blinzelte. Seine Augen brannten. Alle Sehnsucht, deren er fähig war, trieb ihn dorthin, zu diesem Punkt, der so entsetzlich weit von ihm entfernt lag.
Er lief, taumelte unter der Sonnenglut, stolperte und fiel. Er kroch weiter und blieb mit aufgesprungenen Lippen und ausgedörrter Kehle liegen. Aber nach einer Weile riß er sich wieder empor und schwankte auf den Garten zu, bis er, wie von einem Magneten gezogen, gegen dessen Zaun prallte. Er tastete nach dem Tor, fand es, riß es auf, stolperte in den Garten, drehte sich mehrmals um sich selbst und torkelte dann auf das Wandgeflecht seiner Hütte zu.
»Wasser«, lallte er.
Wo war nur die Hüttentür? Er fand die neue Tür nicht mehr, tastete sich an der Wand weiter, rund um die Hütte, rund um das Geflecht, und stieß dabei ein tierisches Geheul aus. In äußerstem Entsetzen winselte er an den Pfählen rüttelnd: »Ich bin ja gefangen! Mein Gott, warum bin ich denn gefangen? Ich will raus!«

Halb blind vor Fieber und Durst entdeckte er zwischen Tamaibabaum und Hütte sein Haumesser. Dort hatte er es hingeworfen, nachdem er den Vogelschwarm vertrieben hatte, und dort lag es noch. Er sah die Schneide blinken, kroch darauf zu, fiel darüber, packte das Messer, kroch mit ihm zurück zur Hüttenwand und zog sich an ihr empor. Seine letzte Kraft sammelte er zu ein paar wuchtigen Hieben, mit denen er das Gitter, das er vor sich sah, zerhackte. Er zwängte sich durch die Öffnung, prallte gegen das Geländer, das er, als es nicht nachgab, auch zusammenschlug, und stürzte sich in den Brunnen.